COSTALEGRE

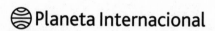Planeta Internacional

COURTNEY MAUM

COSTALEGRE

Traducción de Graciela Romero

Diseño de portada: Diane Chonette
Ilustraciones de portada: Miranda Sofroniou
Ilustraciones de interiores: Dasha Ziborova

Título original: *Costalegre*

© 2019 Courtney Maum

Traducción: Graciela Romero Saldaña

Derechos reservados

© 2020, Editorial Planeta Mexicana, S.A. de C.V.
Bajo el sello editorial PLANETA M.R.
Avenida Presidente Masarik núm. 111,
Piso 2, Polanco V Sección, Miguel Hidalgo
C.P. 11560, Ciudad de México
www.planetadelibros.com.mx

Primera edición en formato epub: marzo de 2020
ISBN: 978-607-07-6539-1

Primera edición impresa en México: marzo de 2020
ISBN: 978-607-07-6538-4

Impreso en los talleres de Litográfica Ingramex, S.A. de C.V.
Centeno núm. 162-1, colonia Granjas Esmeralda, Ciudad de México
Impreso y hecho en México — *Printed and made in Mexico*

A todas las hijas

Les bois sont blancs ou noirs,
on ne dormira jamais.

ANDRÉ BRETON, 1924

1937

Sábado

Esta vez mi madre los trajo a todos: el paquete completo de chiflados. Ya se escuchan los clavos y los martillos. Los trapos se secan en los árboles.

El camino de venida duró días; yo ya traía la ropa pegada al cuerpo y nuestras maletas estaban raspadas porque mi mamá nunca da propinas. Ella y su horrible buitre humano eran el centro de atención en el salón. Especulación infinita y el sonido chillón del hielo triturado. Hetty, aún más desesperada de lo normal, le decía a mamá que no tomara tanto, que estábamos a una gran altura y con tantos brincos... pero obviamente fue Hetty quien vomitó primero en una bolsa de papel, de esas bolsas alegres con las orillas bien marcadas y del tamaño ideal; esa bolsa pudo tener tantos usos mucho mejores.

Nos detuvimos para cargar gasolina en las Azores. Esperamos (y esperamos) en los cafés. Las autoridades portuguesas revisaron todos nuestros baúles y cartas, creo que sin tener idea de qué estaban buscando. Más que nada querían noticias de Francia, pero su francés era muy malo y su inglés, apenas suficiente. Konrad les dijo que el Führer ya viene, pero que aún no llega, y mamá compró un sombrero de palma.

Me gustaron mucho las literas y me asignaron una para mí sola, pero claro, no pueden obligar a Konrad a dormir con mamá en un espacio tan pequeño, así que a mí sí me obligaron a compartir habitación con ella, lo cual fue, como siempre, desagradable. Siempre ha sido ruidosa al dormir, pero su nariz constipada lo empeora, y encima estaba el sonido de los motores y las hélices rugiendo en la noche. Salvo por los paisajes, que son de ensueño, como si al fin fueras un ave, es terrible surcar el espacio y el cielo.

El resto de los chiflados viene en barco y pasé mucho tiempo buscándolos en el mar. Buscaba un barco pirata. En eso deberían viajar, la verdad, en un alegre barco pirata. Mamá me dijo que a los artistas los retendrían por siglos en la aduana y que era una tontería buscarlos si podía jugar con los que ya estaban con nosotras, pero no parecía tan descabellado imaginar a uno de los españoles flotando tranquilamente sobre un lienzo o volando en un cisne. Y, de cualquier modo, sí vi barcos, muchos. Aunque no los que contrató mi mamá para ayudarlos a fugarse.

Por cierto, Hetty volvió a vomitar en el camión hacia Costalegre. No la puedo culpar (el camino es de pesadilla), pero de todos modos lo haré. Está muy nerviosa y no deja de quejarse entre dientes de que habrá demasiado calor para escribir. Me dan ganas de decirle que a nadie le habría molestado que se quedara en Francia.

Pero el calor es algo que se quedará conmigo por siempre. Como sea, es demasiado deprimente describir el viaje en autobús, que se sintió más largo, más caluroso y más... reptiliano que cuando tenía siete años, la última vez que estuvimos aquí. Aquella vez éramos tan pocos, solo mamá y yo, papá, un tutor para Stephan y para mí (sí, Stephan también estaba ahí), y Magda, quien me adoraba. Mi mamá dijo que este año no pudo encontrarla para que nos cocinara. Claro que había artistas. Siempre hay artistas. Pero los recuerdo como personas amigables y no vivían en la misma casa que nosotros.

Ahora mamá dice que no cuente con que pueda encontrar a Magda y que, dada la urgencia de nuestra partida, tampoco pudo conseguirme un tutor. ¡Y quién sabe cuánto tiempo estaremos en

México! Mientras tanto, Steph sí pudo quedarse en la escuela y andará por ahí tocando su trompa alpina mientras a mí me arrastran por la selva con todos los rescatados de mamá. Si termina poniendo un museo aquí, me voy a morir.

Sábado, más tarde

Resulta que tengo un nuevo padre. Se llama Konrad Beck y odia a mamá más que papá. Es alto y esbelto, pero bastante bronceado para ser alemán. Estuvo en un campo de concentración, así que está flaco y enojado. Mamá lo salvó casándose con él... ¡es la envidia de todos! Y obviamente Legrand está celoso. Legrand, quien en realidad es un buitre y un charlatán, dice que Konrad es el surrealista más importante de toda Europa, después de él.

Konrad está enamorado de una hermosa mujer llamada C; por eso mi mamá también la trajo. Charlotte es una escritora famosa, pero supongo que se hace llamar C porque es mujer. Han hablado sobre todos los caballos que van a montar. Mamá está furiosa; ya no puede montar por los problemas en sus tobillos, aunque la última vez que vinimos sí lo hicimos. Las playas son hermosas; la arena es profunda y está húmeda, lo cual hace que a los caballos les cueste más trabajo correr contigo encima. Sé que mamá sufre con estos planes porque ella no podrá participar. He oído que C es muy buena. De todos modos, les revisará el cabello cuando vuelvan para ver si fueron a nadar, eso hacía con nosotros.

No hay mucho que mamá pueda hacer respecto a C. Es hermosa, talentosa y además es de Inglaterra, y mamá se muere de celos por su acento y su piel bonita. C usa gruesas camisas blancas fajadas en largas faldas azules del mismo tipo de tela, y de algún modo logra que sus prendas se mantengan limpias. Obviamente, el contraste le molesta mucho a mi madre, quien se la pasa cambiándose de ropa para que combine con su humor. Entiendo por qué Konrad ama a C, creo que es difícil no hacerlo. Aun así, mi mamá estaría mucho más tranquila si él demostrara su gratitud.

Hetty es la única mujer que vino con nosotros a México, fuera de mamá y C, como ya he mencionado, ella es simplemente horrible. Es persistente como el escurrimiento nasal y también es escritora, entonces le tiene unos celos tremendos a C, quien ya ha publicado varios libros y siempre ha recibido excelentes críticas. Pero, sobre todo, Hetty es la secretaria de mamá y, en cierto sentido, su nana. Se la pasa persiguiéndola para que tome más agua y a mí para que me dé más el sol. Aunque no tanto porque a mi mamá le gusta mi cabello dorado y no amarillo. Les digo que es de lo peor. Hetty odia a Konrad porque no ama a mi madre y no soporta a Legrand porque, según él, ella no es nada brillante. ¡Probablemente esto es en lo único en lo que estoy de acuerdo con Legrand! Hetty desearía que mi madre le hiciera caso como a él, pero mamá no sabe qué hacer con otras mujeres salvo intentar vestirse como ellas.

Y, bueno, no estamos en la misma casa que la última vez, la cual era hermosa y rosada. Era pequeña y estaba sobre el mar junto a una fila de «casitas», pero esta vez tenemos una de las casas grandes y estamos completamente solos. El lugar se llama Occidente y está pintado del azul más brillante. Está justo encima de la playa Teopa, así que probablemente mamá podrá verlos cuando se vayan a andar a caballo y hará sonar una campana o algo si se meten a nadar.

Legrand fue quien nos asignó habitaciones a todos, lo cual, por supuesto, molestó a Hetty, porque a ella le dio la peor. Yo estoy en el tercer piso con el coleccionista de piedras y el fotógrafo, y a Baldomero le dieron su propia casa. Mamá está en el segundo piso cerca de Legrand, cuya habitación es casi tan grande como la de mi madre. Mi cuarto es circular, incluso la cama es redonda, y en vez de puerta solo hay un pedazo de tela. Además, hay un enorme agujero en la pared que da hacia el mar. Se supone que es el «ojo» que ponen en todas las habitaciones de aquí. La verdad es escalofriante pensar que los barcos de allá afuera pueden ver el interior de mi cuarto.

Traje todos mis artículos de arte y obviamente este diario, pero fuera de escribir, pintar y verme linda para mi mamá, no está claro qué se supone que debo hacer. Mamá dice que cuando nos acomodemos buscará un tutor, pero ella no habla español así que ¿cómo le va a hacer? Me dijo que se le ocurrió que podría tomar clases con los otros artistas en sus respectivas disciplinas, y que, si lo hago, seré una chica con cultura. Pero ¿qué voy a aprender? ¿Cómo estar enojada por todo y poner las cosas de cabeza?

Mamá dice que nuestros artistas son los más degenerados de Europa según el Führer y que no podían quedarse si seguían haciendo arte así. Konrad conoció al Führer y dice que todo es porque es un artista terrible y les tiene envidia a los buenos. Estuvieron juntos en la escuela de arte y el Führer se la pasaba haciendo paisajes, así que ahora cree que todos los alemanes deberían hacer solamente paisajes. Konrad le dijo a mi madre que Europa se irá a la guerra por unas acuarelas feas. Fue tan lindo escucharlos reír.

Lo que no me gusta:
¡El calor!
No poder/no saber nadar
Antoine Legrand
¡Hetty!
¡La guerra!

Lo que sí me gusta:
Tener tiempo con mamá
El coleccionista de piedras quizá pueda enseñarme lenguaje de
señas
Hacer nuevas pinturas
C
No estar en la estúpida Francia
Mi cabello
Quizá Stephan y papá vengan con nosotros si la guerra empeora

Martes

En la cena de anoche hubo una discusión sobre si deberíamos conservar o no a los empleados. Están aquí todo el año. Teníamos siete años sin venir, pero se quedaron solo por si acaso, barriendo los pétalos del jardín y pasando escobas de metal sobre los desechos de murciélagos. Salvo por Magda, como ya mencioné, a quien mamá dice que no pudo encontrar. Y ni siquiera puedo preguntarles a los otros mexicanos por ella, pues no hablo español y ni loca voy a pedirle a Baldomero que les pregunte por mí, porque le parecería hilarante decir algo que yo no pregunté.

En Costalegre los empleados hombres visten de blanco con toreritas rojas y las mujeres usan unos bellísimos vestidos rectos con bordados de flores y aves en rojo, amarillo y verde. A lo lejos de la casa se ven los vestidos mojados meciéndose con el viento. Es increíble la velocidad a la que se secan. Tienes que ser rápido; no puedes dejarlos ahí todo el día: los colores se destiñen bajo el sol.

Comenzamos con sopa fría y todos permanecimos en silencio mientras la servían. La sopa hizo un sonido como de borbotón cuando la echaron en los tazones y a Caspar, el fotógrafo francés, le cayó un poco en la camisa. Fue culpa de la chica que le estaba sirviendo, pero parecería que hubiera pasado algo terrible por lo mucho que se molestó. Caspar odia estar aquí; probablemente siempre lo odiará. Si yo tuviera que ir con Baldomero a todas partes, también lo odiaría. (Fue Baldomero quien lo trajo. Quiere un kinkajú de mascota y quiere que Caspar les tome fotografías juntos cuando lo encuentre).

Cuando los sirvientes volvieron a la cocina, Hetty dijo que qué fantástico y encantador el tono oscuro de su piel, ante lo cual Legrand resopló enojado como suele hacer cuando ella abre la boca.

—¡Te dije que te deshicieras de los sirvientes! —dijo Legrand. No cree en tener servidumbre. Dice que hace que su arte lo avergüence.

Mamá siguió comiendo su sopa.

—La vida sería imposible sin ellos. No tienes idea de cómo está el camino para conseguir comida.

Mi nuevo papá comía con un aire sombrío, como siempre.

—Nuestros colegas se mueren de hambre y a nosotros nos sirven sopa.

Mi mamá explotó y ahí comenzó todo. De hecho, no es que explote de pronto cuando empieza a hablar; es algo lento y tranquilo, y da más miedo justamente por su lentitud y tranquilidad.

—Tus colegas no se están muriendo de hambre —dijo mientras tomaba una cucharada de sopa y la sorbía—. Están en cabinas de segunda clase comentando boberías en medio del Atlántico. Yo diría que no es realmente un gran sufrimiento. Y, de cualquier modo... —Soltó la cuchara y yo olvidé respirar—... el personal viene con la casa.

Vienen con la casa y también se van con la casa. Pensé en las personas que se quedaron en París, en todo el personal de allá. Henri, el chofer, a quien no trajeron porque no tendría nada que manejar aquí y la chica del impecable uniforme azul marino, que nunca me miraba, porque tenemos la misma edad.

—¡Abran las prisiones! ¡Disuelvan los ejércitos! ¡Tráiganlos a nuestra mesa! —vociferó Legrand.

Mamá suspiró. Para mí esto es la prueba clara: no siempre quiere a Legrand. Hetty mostró pánico. C tomó más vino.

C: Quizá si no fueran tantos...

CASPAR [quien ya había vuelto de la cocina, con una mancha de humedad en el pecho]: Es una vileza tener sirvientes.

MAMÁ: En serio creo que todos estarían mucho más incómodos si tuvieran que compartir la mesa con el servicio. ¿Cómo sería? ¿Baldomero tendría que traducir todo?

BALDOMERO: A mí me parece una absoluta delicia tener sirvientes.

KONRAD: En ese caso quizá deberías comer solo. En tu torre...

LEGRAND: Somos europeos. Sin duda podemos cocinar.

MAMÁ: Yo soy estadounidense. Y no puedo. Si quieres, manda a los empleados hasta Paraguay. De todos modos tendré que pagarles. ¿Quién va a sacudir tus sábanas cada mañana? ¿Tú? Duerme con alacranes si eso quieres. Ah. (La tranquilidad y la lentitud. El tallo de una copa entre los dedos). Ya lo haces.

Mi nuevo padre ignoró el propósito de este recordatorio, que es lo que hace hasta que ya no puede más, entonces todo se vuelve como las viejas escenas en las que papá solía untarle esa horrible jalea en la cabeza a mamá.

KONRAD: Estoy de acuerdo en que es vulgar. No es arte. No deberíamos tener tales jerarquías.

MAMÁ: ¿En serio? Y entonces ¿cómo explicas lo que generan las pinturas de Baldomero contra, digamos, las tuyas?

Esto fue muy cruel de su parte, porque Konrad odia todo lo relativo a Baldomero Zayas, excepto sus enormes obras.

—Quizá solo alguien que haga la limpieza —propuso C—. Konrad es buen cocinero.

MAMÁ: Sí, ¡¿por qué no deshacernos de ellos!? (Le costó trabajo mover su silla para alejarla de la mesa). ¡Terminaré de cenar en mi habitación! (Y agitó la campanita para llamar a los sirvientes).

~~Mañana~~ *¿la matina?*

Si he aprendido algo sobre ser mujer, es que los hombres te hacen cambiar de opinión. Esta mañana ya no había empleados con ropa blanca y no hay nada de comer. En la mesa hay muchos instrumentos con los que se podría hacer el desayuno, pero todos los que entran a la cocina solamente los miran y no saben qué hacer con ellos, de modo que los artistas andan por ahí con brillantes vasos de té rojo que la cocinera dejó enfriando, pero incluso eso ya se acabó y todos están confundidos.

Mamá está disfrutando el sol en su bata verde. Se siente tan complacida consigo misma que ni siquiera acepta decirle a los demás a dónde los mandó. Si conozco a mi madre, Konrad la convenció anoche. *Lea, je t'en prie.* O quizá él encontró la fuerza para abrazarla: ella despediría para siempre al personal a cambio de eso.

En cualquier caso, tomaría siglos descifrar cuál de estos frascos contiene la sal y cuál el azúcar, así que los chiflados andan de aquí para allá desganadamente, mascullando entre ellos, admirando las flores que yo nunca he podido nombrar. Magda solía decirme sus nombres en español, pero no se me grabó nada, porque constantemente me están poniendo en situaciones donde tengo que aprender cosas nuevas.

Y aunque C despertó, suele tener resaca. Cerró los ojos al ver la cocina vacía, luego los abrió y se puso a trabajar. Dos días después, tuvimos café. Exagero, pero aquí se debe hervir toda el agua por lo que contiene y se necesita encender el fuego para hervir las cosas. Costalegre sin empleados no es muy distinto a vivir en una carbonera.

Artistas de aquí que me agradan:

FERDINAND CHEVAL

Primero que nada, me encanta su nombre, porque me recuerda al toro que prefería oler las flores a las horribles corridas. El nombre le queda bien, pues Ferdinand es la persona más agradable y tranquila de por aquí. Es un coleccionista de piedras profesional. También es cartero. Legrand le pidió que trajera su uniforme, el cual usó en el vuelo y debo decir que con gran orgullo.

Mamá me dijo que hace muchos años él comenzó a coleccionar piedras durante sus rondas. Supongo que siempre ha sido mudo, por lo que ser cartero es un buen trabajo para él. Se comunica sin hablar. Da noticias sin usar la boca.

Tiene un curioso bigote caído, pero en realidad es bastante guapo, con pómulos afilados, ojos encendidos y una piel muy limpia y brillante.

Konrad le tiene mucho aprecio y lo cuida tremendamente. Aunque parece joven e inteligente, Ferdinand es uno de los artistas más viejos de aquí. Konrad dice que lleva más de treinta años coleccionando piedras y caracolas. Dice que comenzó guardándolas en su morral de cartero, pero que encontró tantas tan hermosas que tuvo que llevarse una carretilla; era la sensación del pueblo. Dice que la gente a la que le llevaba el correo le regalaba piedras extrañas.

Ferdinand Cheval terminó construyendo un palacio entero con sus piedras. Mi hermano fue a verlo. Cuando éramos más chicos y él aún no encontraba esa estúpida escuela, se sentaba en la orilla de mi cama y me contaba las historias más increíbles. Aparentemente es un castillo real, aunque parece estar derretido, con pasillos de ostras y capiteles que terminan con piñas y escaleras grises y torcidas.

El lugar tiene una placa afuera con unas palabras que mi hermano amaba: «Al construir esta roca, quise demostrar lo que se puede lograr con voluntad». Mi hermano me dijo que, después de visitarlo, la gente se echa a llorar, conmovida porque Ferdinand no tenía que construirlo, pero aun así lo hizo.

Mi madre llevó a un grupo a verlo junto con Legrand y Konrad, y obviamente decidió ir cuando me tocaba estar con papá y a Steph le tocaba estar con ella. De cualquier modo, Legrand decidió que Ferdinand era un héroe surrealista e hizo que todos los artistas viajaran al sur para verlo.

Como dije, Konrad quedó fascinado con este hombre silencioso. De las pinturas de mi nuevo padre, una de mis favoritas es la de un cartero alado que va arrastrándose por la chimenea de una casa que da a un mar lleno de sirenas y una alegre ballena blanca. Es una de las pinturas de Konrad que casi parecen reales si te alejas; en esta, la puerta frente a la casa es una puerta real pegada al marco de la pintura y hay un timbre real hecho de hule junto a la puerta de la casa de ensueño para que el cartero lo toque.

Desafortunadamente, Ferdinand sufrió un colapso emocional porque, para terminar el palacio de piedra, comenzó a trabajar durante toda la noche. Legrand lo llevó a un psiquiátrico en Suiza, pero extrañaba sus rondas.

No sé cómo lograron que Ferdinand viniera a México. No parece estar triste. De cualquier modo, para cuando nos fuimos de París ya habían clausurado el correo.

WALTER FRITZ

Walter es un alemán grande y agradable, con un montón de cabello blanco; él puede dibujar cualquier cosa en el mundo. De todos los artistas, traerlo a él era lo más importante, porque él hizo todos nuestros papeles para salir. Obviamente, no los de mamá ni los míos, porque somos estadounidenses, pero ¡deberían ver los de Ferdinand! ¡Se ven más reales que los nuestros!

Walter solía ir a la casa de París y hacer dibujos de las fiestas que ofrecía mamá. La pintaba con una enorme narizota y a ella ni siquiera le molestaba porque le ponía unos ojos nobles y un cuerpo excelente, que es lo único que le importa. Mamá aún tiene uno en el que la dibujó en su habitación con su vestido dorado favorito y un brillante tocado en la cabeza.

Cuando las cenas se alargan, Walter me pasa a escondidas una caricatura para hacerme reír. A veces la pone en la canasta del pan y dice: «Lara, ¿estás segura de que no quieres más pan?». Por lo general, el dibujo es de algo divertido que pasa en la mesa: Legrand rojo del coraje, con su boca abierta llena de patos.

No hubo esa clase de diversiones en el camino de venida. A Walter le preocupa que los agentes aduanales alemanes lo estén persiguiendo, pero mi madre dice que los alemanes son demasiado trabajadores para desperdiciar diez días en barco.

BALDOMERO ZAYAS

Sé que aún estoy en la sección de los artistas que aprecio, pero alcanzo a ver a Baldomero desde la terraza donde estoy escribiendo; está pintando en el techo de su torre para que todos puedan verlo trabajar. Así que debo escribir sobre él ahora. Baldomero es la persona más pretenciosa que he conocido y dada la clase de gente que (¿siempre?) nos rodea, eso es difícil. Va a todas partes con un bigote perfectamente acicalado hacia arriba; de hecho, tiene a alguien que se lo arregla y su encargado de los bigotes estaría aquí si no fuera porque Walter se negó a hacerle un pasaporte y mamá no quiso pagar.

Además, usa capa, ¡de terciopelo!, aunque esté sudando. Tiene un olor muy fuerte y el aceite que usa en su bigote huele como el aceite de pino que la abuela solía ponerles a los muebles cada que teníamos visitas.

Es absolutamente despreciable y solo come mariscos. Por lo general, hay un plato aparte para él, así que supongo que tendrá que morirse de hambre o aprender a buscar en la playa él mismo. O quizá tiene a todo el personal en esa torre, no lo sé, y nunca lo sabré, porque me alegra mucho no tener que acercarme ni un poco a ese sitio.

Todos lo odian. Ni siquiera creo que le tengan celos; es demasiado famoso y trabaja bastante duro. Supongo que cree que es un excéntrico por sus gustos raros y sus actitudes, pero al ser así todos los días solo resulta cansado para los demás. Creo que si acaso los alemanes debieron apresar a alguien, ese es Baldomero. Hace pinturas inmencionables: partes masculinas y femeninas, enormes y turgentes, cubiertas de arena rosa. Mi papá real detesta en serio sus pinturas; las cubrió con mantas en el pasillo donde estaban apiladas y suspiraba cada que mamá llegaba con un nuevo lienzo a la casa.

—Una imagen más de un hombre limpiando su rifle —decía para hacer enojar a mi madre.

Obviamente se supone que no lo entiendo, pero no estoy ciega, y aunque no viera las pinturas, sé lo que los demás comentan de ellas.

He escuchado a Hetty diciendo que por eso a Baldomero siempre le dan un lugar aparte para vivir, por los manoseos, pero yo creo que también es porque huele muy mal.

En cualquier caso, a mamá le encanta mencionar cuántos Baldomeros tiene en su colección y lo mucho que valen. Supongo que, en cierto sentido, él es su rehén.

C

A veces quiero un cabello como el de ella, muy esponjado y oscuro, flotando alrededor de su rostro como un halo de maldad. Amo que por la noche se pinte los labios de rojo, pero que el resto del día ande por ahí luciendo como una más. C escribe todo el día, todos los días. Solo toma dos descansos para dar una breve caminata y nunca hace pausas para almorzar, aunque siempre las hace para los cocteles; ahí es cuando da por terminado su día. Pero eso no es del todo cierto, porque en algún momento irá a montar los caballos que tienen aquí. Es solo que aún no sé cuándo será. Supongo que tiene caballos en su casa en Inglaterra. No creo que duerma mucho; también bebe como todos los demás, pero su voz siempre tiene un tono amable y es sensata, con buen sentido del humor, que es por lo que mamá la aprecia, aunque no quiera.

Los que todavía no decido:

CASPAR DIX

Caspar es el fotógrafo de Francia, al que le cayó sopa en su camisa elegante. Supongo que también se metió en problemas por tomar fotos de «degenerados», a veces desnudos, allá en Europa. No estoy segura si fue solo Baldomero quien lo trajo o si mamá lo ayudó, pero alguien manda sobre él; se le nota. Ya sabes, es de esas personas que se ven resentidas aunque estén en un lugar muy lindo. Probablemente cree que intentar tomar una foto de Baldomero con un mono salvaje no sea un trabajo digno de él. De cualquier modo, lo he escuchado quejándose en francés con mamá sobre cómo nunca podrá revelar nada porque en México hay demasiada luz.

Sería tan hermoso si fuera feliz. A veces, en las fiestas, cuando noto la forma en que se porta con C, odio a mi madre porque siempre debe tener las cosas que les gustan a los demás. No eran tan horribles uno con el otro antes de casarse. De hecho, ¡hubo un tiempo en el que Konrad era casi cariñoso con ella!

Pero mi madre tenía que ganar, como siempre. ¡Ella aún le compra sus obras! Él la odia intensamente porque con ella nunca nada es gratis. Cuando vamos a restaurantes solo nosotros tres, ella le pide que pague la cuenta y luego hace que el mesero espere mientras él cierra los ojos porque sabe con exactitud lo que está por venir, mi madre diciendo teatralmente: «¡Oh! ¿Aún no tienes dinero? Yo pago».

Konrad hace pinturas como las de Baldomero, pero las suyas no te dan ganas de reír y es mucho más difícil distinguirlas. He salido en algunas de sus obras. Las dos hemos aparecido. A mí me pintó como un ángel. A mamá le puso cabeza de caballo.

¡Los que odio!:

¡HETTY COLEMAN!

¿Sabían que hoy Hetty lloró por el agua? Dijo que, si tiene que pasar toda una hora esperando que el agua hierva, ¿cómo va a tener tiempo para escribir? Y que no puede trabajar sin su té. No estoy segura de que Hetty haya escrito una sola palabra de su gran novela. Pero sin duda habla mucho sobre las cosas que evitan que la escriba.

Diré algo amable, y es que me gusta su cuerpo. Es adorable y acogedor, ¡si ella no fuera tan terrible! Lo que quiero decir es que tiene unos senos maravillosos. Mamá no tiene nada de pecho y los de C son demasiado grandes. Hetty es la clase de mujer que quisieras que te abrazara, si fuera posible.

ANTOINE LEGRAND

Es el padre del Surrealismo; además es comunista, aunque uno muy malo porque acosa con sus ideas a los otros y nunca escucha las suyas. Vivió con nosotros en París mientras publicaba su manifiesto del surrealismo, el cual ya ha cambiado unas cien veces. Legrand hace objetos inútiles y luego dice que son arte. Enterró varios clavos en la plancha eléctrica de mamá, en la parte que se supone que alisa la ropa. Y aunque es un tanto gracioso, no es como si le gustaran las cosas bonitas. Además, echó a perder la plancha de mamá y la sirvienta se electrocutó.

Como el resto, salvo por mi mamá, Legrand no tiene hijos y no sé si quiera a alguien con ese cariño que te dificulta pensar en alguien más. Más que nada me parece que necesita a mi madre porque ella lo encuentra fascinante y se lo dice a todos.

Legrand tiene casi tantos Baldomeros como mi mamá y se la pasa pidiéndole que le venda uno de los elefantes en dos patas que él le dijo que comprara.

El estúpido de Antoine Le-Grandest se mete en todo. Él hizo que mamá se interesara en todos los artistas. ¡Ella quería ser enfermera antes de conocerlo!

Lo que quiero para mis pinturas:

Me gustaría que mi arte fuera más libre de lo que es ahora. Siempre siento que mis dibujos son de lo más infantiles. Y aunque los artistas alaban los matices de mis obras, a veces me parece un truco lo realistas que son. Mis pinturas simplemente no te hacen sentir lo mismo que las de Konrad. Es probable que sus obras sean mejores cuando tomas en cuenta todos los aspectos, lo que no acentúa. Hasta con Baldomero, aunque es técnicamente perfecto, no despiertas ese sentimiento que yo tanto deseo. Como si algo fuera muy privado, pero también visible.

A veces pienso que soy horrible e inútil. Pero otras veces realmente siento eso dentro de mí y todo se repliega, es como si estuviera en medio de un enorme cascarón. Me han dicho que tengo talento; Magda solía guardar mis pinturas y a mi papá verdadero le encantaban mis colores. Pero nadie dice que tengo un don.

A veces lo que siento en realidad es que ardo de ganas por tener a alguien que sea solo para mí y eso es lo que intento plasmar en el lienzo. Porque cuando tuve a Elisabeth, cuando estaba en la escuela, aunque fue por poco tiempo, eso fue lo que sentí, que ese era el lugar correcto, el único lugar que importaba.

Pero mamá seguirá mudándose si no puedo hacer algo hermoso. Eso es lo que quiero. Quiero hacer algo realmente hermoso. Quiero hacer algo que se quede contigo hasta hartarte.

Ella es ~~elegante~~ hermosa

Ella es delgada

Ella ~~está~~ no está aquí

Miércoles

Pues resulta que Ferdinand sabe hacer café y hasta nos preparó unos huevos. Baldomero quiere que el personal regrese porque encontró un alacrán en su habitación. Hay pequeñas escobas junto a las camas para esto y debes traer zapatos siempre.

C ya comenzó con su rutina. La veo por la mañana y luego se encierra durante el resto del día. He visto su habitación y tiene un escritorio muy hermoso con vista al mar. Me asomé durante una de sus caminatas por el lugar. Puso una piedra gigante sobre todos sus papeles para que no se vayan volando.

Viernes

Algo curioso de los artistas es que todos se ven tontos cuando están desnudos. Salvo por mi nuevo padre, quien se ve muy imponente por su altura, y mamá, supongo, que es encantadora en traje de baño. Pero C se desnuda y es demasiado. Quiero decir que tiene mucho de todo. Legrand es rechoncho como un osito y Baldomero está demasiado «ponchado» para acercarse siquiera al agua.

Pero eso es lo raro de mi madre. Le encanta estar cerca de la alberca. ¡Qué bien la pasamos en California cuando me compró ese sombrero gigante! Le encanta tomarse una bebida con hielo y estirar sus largas piernas, que en verdad son hermosas. Probablemente en esos momentos es cuando se siente mejor que nunca. El agua de la alberca no la molesta, aunque sea profunda. Todos podemos nadar. Aunque aquí nadie sabe nadar, salvo por C, claro, porque ella sabe todo. Pero mamá no les dijo a los nuevos que no pueden ir al mar. Caspar no sabía de esta proscripción y hoy en la mañana ella le volteó la cara cuando él regresó de Teopa con el cabello mojado. Mamá asume que todos lo saben, así como asume que todos saben todo lo que piensa. Mi pobre abuelo se hundió en el Republic, por lo que nadie tiene permitido nadar en el mar. Aunque mi madre siempre anda en barco y sí deja que los caballos se acerquen al mar, sus huéspedes no pueden nadar. El océano es un lugar que te lleva. Simplemente es así.

Lógicamente Caspar está más molesto que antes. Además, no ha podido encontrar un cuarto oscuro. Estaba armando uno en una de las habitaciones de las sirvientas, pero ahora mamá dice que quizá traiga a los empleados de vuelta porque le parece que es deprimente preparar tu propio almuerzo. No creo que Caspar hable español, así que no sé adónde podría irse y sin duda mamá no pagará por su partida. El único pueblo es Zapata y en realidad no está tan cerca. No puedes tomar un automóvil normal para ir hasta allá; aunque tuvieras uno, el camino está lleno de agujeros y vacas. Solo hay un lugar para comprar tortillas y otro donde degüellan al pollo que estás por comprar, así que fuera de los niños curiosos y los burros para fotografiar, ¿qué haría Caspar? Supongo que tomaría fotografías. Pero la ciudad más cercana es Guadalajara y está a días y días de distancia.

Mamá pronto tendrá que salir si no trae de regreso al personal, porque todos quieren noticias del barco con el arte y del Führer. Hay casi quinientas pinturas en el barco, principalmente de la colección de mamá, pero también algunas de Legrand, así como artículos que necesitan Baldomero y los otros artistas. Mi madre está angustiada porque Hetty dice que el barco podría hundirse, se la pasa sacándolo a colación cada que no hay nada más de que hablar: «¿Crees que podría hundirse?».

Otra cosa que nadie ha considerado es cómo vamos a enviar cartas. Aunque el personal estuviera de vuelta y pudiera ir y venir al pueblo por nosotros, ¿cómo podría llegarle algo a Stephan desde aquí? Tardaría años entre todo el caos y para entonces Stephan ya se habrá graduado, así que todos estaremos viviendo juntos, probablemente en la estúpida Francia. Aun así, lo voy a intentar. Aun así, le voy a escribir. Él me pidió que lo hiciera, ¿sabes?

Otro dato curioso: mamá tuvo que llenar el barco grande con cosas de la casa de París para que calificara como mudanza. No sé por qué, pero no puedes enviar solo arte. Y por eso mamá empacó nuestro piano, algunos tapetes y un par de candelabros, y luego todos recorrimos la casa intentando atrapar a los gatos grises de Legrand, aunque yo sabía que mi madre no los iba a enviar; a ella no le gustan los gatos, pero nos reímos al imaginarlos viajando por el mar, con lo gordos que están.

Obviamente, Baldomero está entusiasmadísimo de que lo fotografíen en la playa con su capa mientras toca el piano, pero todos los demás están de acuerdo en que el mejor lugar para el piano de cola es bajo la palapa, si es que logran subir el piano por la colina hasta acá.

—Acaban de invadir Renania y ustedes hablan sobre un piano —dijo Caspar al respecto. En realidad, me parece que él es belga y no francés.

Altercado

A Hetty le preocupa que C esté escribiendo en su libro cosas que ella le contó en privado.

—¡Lo voy a quemar si andas de soplona!

Ahora C sale a caminar con todo y su manuscrito, enrollado dentro del bolso de cartero de Ferdinand. Me imagino que duerme con las hojas bajo su almohada, mientras las aves acechan afuera.

Altercado

Legrand propuso uno de sus estúpidos juegos anoche. Todos se fueron quitando la ropa hasta sentirse incómodos. Obviamente, para demostrar quién es el más surrealista, la mayoría terminó sin nada encima. Mi nuevo padre estaba mirando a C con lo que mi mamá llama sus «ojos húmedos».

—Si te paras, el dólar caerá —le dijo ella.

Lunes

Ya fui a ver a los caballos. ¿Sabes?, montamos mucho la última vez que vinimos, porque mi papá real es muy bueno en eso. Me gustan los caballos, siempre y cuando no sean demasiado grandes, no tengan un semblante sospechoso ni fosas nasales rojas. Daría cualquier cosa por ser como C, quien puede subirse a un caballo desde el suelo y montar con su falda azul. ¡Luce tan valiente con su entallada chamarra beige y el cabello oscuro tocándole apenas los hombros!

Mamá dice que es un invernadero, pero a mí me gustan los establos de aquí, con el amplio cielo y muchas palmeras. Hay un campo de polo a lo lejos que ya se puso amarillo por la sequía, pero desde mi habitación alcanzo a escuchar que los peones gritan: «¡Abierto, abierto!». Los caballos tienen que mantenerse con buena condición física por si vienen los dueños, por lo que juegan pese a todo. Hetty, que es amante de los animales, dice que es una sentencia de muerte jugar con tanto calor y que va a hablar con los cuidadores de los caballos.

—¿En qué idioma? —se burló C—. ¿Con el cuerpo? —Y Hetty se puso colorada.

Los establos no son propiamente eso, no como en Francia o Inglaterra. En realidad, ni siquiera son establos, solo son trozos de tela brillante colgados de los árboles y sogas que demarcan los comederos de los caballos. Por la noche, cuando tienen las antorchas encendidas y las estrellas brillan, los cobertizos parecen papalotes

49

brillando. Es romántico, alegre y como los peones siempre están cantando y bromeando en español, es algo realmente lindo.

Debo reunir el valor para montar sola, porque si no me voy a morir de aburrimiento. No sería correcto que acompañe a Konrad y C; sería como si fuéramos una familia y no lo somos. Mi madre ya no puede ir debido a sus tobillos débiles. Siempre me ha preocupado que también me pase a mí, pero he estado haciendo los ejercicios que me recomendó el doctor: te paras en la orilla del escalón de puntitas y subes y bajas el cuerpo usando solo la energía de los dedos de tus pies. Es difícil y doloroso, pero sirve para tener una buena circulación y mis huesos no se deteriorarán como les está pasando a los de mi mamá.

Domingo

Muchas veces me descubro pensando en mi querida Elisabeth. ¿Qué otra cosa puedo hacer? Claro que también pienso mucho en mi hermano, pero sé qué está haciendo, por lo que no es tan divertido. En cuanto a Elisabeth, ni siquiera sé en qué país esté; quizá aún siga en Hertfordshire, que es tan lindo. Nuestra casa de allá era encantadora, con todo y la humedad, además casi siempre había una buena fogata en la chimenea. Papá me llevaba caminando a la escuela y todas las construcciones estaban hechas de unas curiosas piedras redondas; al final del día, Elisabeth caminaba de regreso conmigo y Doris nos daba pastel de carne y riñones, y luego salíamos a lanzar palos para que los perritos los trajeran, y Stephan jugaba un poco con las dos, luego subíamos corriendo por las piedras.

En realidad, esa fue la última escuela a la que fui. Eso fue cuando tenía doce años. La gran colección de mi madre la lleva por todas partes, por lo que ella me lleva a todas partes también. En los años que han pasado desde la casa de piedra, he vivido en cuatro lugares de Inglaterra y cinco de Francia, además del otoño que pasamos en la ciudad de Nueva York cuando mamá estaba intentando abrir una galería con el Museo Metropolitano, pero no funcionó porque dijo que no dormía bien en Nueva York y que en París duerme muy bien. Así que volvimos. Esto fue un error porque ella ni siquiera les agrada a los franceses. Al menos no a los que están a cargo. ¿Sabías que fue a ofrecerle su colección al Louvre? O, más bien, les pidió que la alojaran si <u>había</u> guerra, y les dijo que, si sí había guerra, ella les dejaría algunas pinturas cuando terminara. Vi la carta del director, porque a mamá le molestó mucho. O más bien no le molestó, sino que se puso como loca. Hizo que Legrand pintara algunos de sus mejores trazos en lienzos que colgó por toda la casa y luego organizó una fiesta para celebrar lo tonto que fue el director del museo. «Pronto descubrirá que está comerciando con algo mediocre, por no decir bazura...».

—¡Ni siquiera sabe escribir basura! —canturreó mamá—. ¡Es demasiado bueno para escribir basura!

Y así comenzó nuestro desquiciado recorrido por Europa, guardando esto y aquello en graneros, pero luego Legrand le metió en la cabeza lo de los ratones y el moho, así que empezamos otro recorrido para recoger todas las pinturas y las esculturas. Luego mamá las puso en el barco junto con nuestro piano y la mayoría de los degenerados responsables de esas obras. Realmente sería increíble que el barco se hundiera. A veces mi madre se ríe y dice que, si llega la guerra y le disparan al barco, yo debería fijarme en una mujer con una fortuna sólida, porque las mujeres son leales y el dinero no las vuelve locas, y además no las llaman a la guerra. Tampoco llamarán a la guerra a papá ni a Stephan, eso es lo bueno de tener un pasaporte suizo. Aunque de todos modos no querrían a papá. Es tremendamente apático.

Pero, bueno, probablemente nunca me vaya a casar; o bien tendré muchos hijos o puede que no tenga ni uno. Aunque quizá <u>sí</u> me case y haga que mi familia pase momentos maravillosos como los que vivimos en Inglaterra. En cualquier caso (¡siento que no debería escribir esto!), ¡aún soy una *demoiselle!* (¡!) A Elisabeth le llegó cuando nos estábamos yendo de Hertfordshire. Se puso un trapo prendido a sus pantaletas con un seguro de ropa que se abrió y la picó durante la clase de cursiva de la señora Ruthlace. Su hermana mayor le llevó una *mooncup* de Londres, lo que nos hizo reír mucho. De hecho, el que signifique «copa lunar» es un buen nombre para los establos, porque parece que los triángulos de colores intentan atrapar algo que caerá de la luna.

Apuesto a que a mí nunca me va a llegar. Mamá dice que a ella nunca le llegó. También dijo que fue un milagro que Stephan y yo lográramos existir. Ella dice que siempre es bueno comer solo un poco para sentirte poética, y he intentado hacerlo, pero me pone triste y es difícil ordenar mis palabras. Cuando tengo hambre solo me pongo absurda, o sea, es absurdo estar conmigo. Y Elisabeth dice que si no comes no te llega la regla, y que a ella le llegó la suya porque siempre se acababa mi pastel de carne y riñón.

Le he estado dando vueltas al asunto. A veces es cierto que cuando tengo hambre me siento un tanto poética y pienso que me encantaría estar casada. Pero otras veces, cuando estoy bien alerta, recuerdo a papá obligando a mamá a acostarse en la alfombra para caminarle encima de la panza tras tener un mal día de escritura. Y todo entre Konrad y mamá es muy tormentoso. Pero luego veo cómo se porta con C y pienso en lo lindo que sería tener a alguien que te abrace y a quien le puedas contar tus secretos, en vez de a ti, mi pequeño diario, que no tienes brazos.

Algunas frases para mi madre:

cabecera
los alambres que hay aquí para los murciélagos
el área para nadar en el mar acordonada con boyas
frappé de melón rosa
el pueblo fantasma de las historias de Pampino (el cual probablemente no existe)
el horrible mazapán
«la compra de las lluvias»
un morado hecho de caracolas
sus piernas largas y blancas son mis piernas
agua de limón (tibia)
«cómo me odio»
el agujero rosa en su almohada
la pintura de la gacela
hojas pesadas en Inglaterra
el fuego que se apaga
también la pulpa de limón (¿y el bíter?)
su pie con el tobillo enyesado
el escorpión en la orquídea
¿
¿

el sombrero más grande y enorme

Y un día con los recuerdos. Todas las imágenes en un lugar. La vez que me sacó de la escuela porque quería andar en coche y recorrimos la costa inglesa buscando un helado, y dejamos las ventanas abiertas y las olas estaban llenas de aletas, la heladería estaba cerrada, y caminamos hasta el acantilado pese al viento y ella me abrazó por el frío, «¡Ay! ¡Mi niña hermosa!».

¿Miércoles?

Ya casi es la hora de la cena y no almorcé. Ferdinand fue a buscar piedras, C tiene la puerta cerrada y ninguno de los artistas sabe qué hacer con las cosas extrañas de la alacena. La mitad de la gente de aquí nunca había visto frutas como esas y, de cualquier modo, la mayoría de los artistas ya se llevaron las más raras para pintarlas o para aplastarlas y pintar cosas con su jugo. Ya hay como cuatro piñas y una silla del comedor flotando en la alberca.

Intenté encontrar a mi madre para preguntarle si podría traer de vuelta a la cocinera, pues dijo que quizá lo haría, y tal vez también a la criada, pero siempre está perdida en una discusión con Legrand, vestida con su impermeable verde o parada al final del camino de tierra, esperando noticias de su barco.

Algunas cosas para mi hermano:

Si yo hubiera nacido primero, él habría sido el mismo hermano, igual de astuto e impaciente, pero lo suficientemente ligero para cargarlo, como algo que podría robarme. Recuerdo cuando llevamos a caminar a nuestros dos perros al bosque, que fue él quien recogió una piña de pino verde y luego otra y las puso en la abertura del segundo árbol más grande y dijo: «Cuando estas se abran, significará que podemos entrar al árbol», y yo dije: «¿Qué vamos a hacer ahí adentro? ¿No estará oscuro?» y otras cosas que ahora me avergüenzan porque mis preguntas eran tan obvias, y él dijo: «Estaremos a salvo», y como él era mayor, yo dije: «¿A salvo de qué?», y luego mi perra, que siempre estaba asustada, comenzó a ladrarle al árbol.

Viernes

El personal está de vuelta. Nadie se sabe sus nombres reales, así que mamá llama «Eduardito» a los hombres y «Rosa» a las mujeres. Ella dice que los mandó a Zapata por un par de días; les dijo que volvieran el viernes, que sería una lección para los artistas.

Hetty tiene un librito de frases en español en caso de emergencia. Le pregunté si podía verlo y practiqué casi toda la mañana. Luego esperé hasta que todos estuvieron fuera de la casa o trabajando para usar mi frase con la cocinera. «¿Dónde está Magda?».

—¡Pobrecita! —dijo la cocinera y luego trajo un banquito de madera e hizo que me sentara, me tocó la espalda y se puso a picar una papaya. Todas esas semillas negras son realmente fascinantes. Las puso sobre un pedazo de papel y me habló en español, haciendo señas con las manos. Con mímica me dijo lo que quería: quería que yo saliera, abriera un hoyo y las plantara para crear una planta de papaya.

No sé por qué la idea de hacer esto me dio ganas de llorar. La idea de hacer un hoyo con mis manos, supongo, o el preguntarme si llegaría a ver o no lo que iba a crecer.

—Pobrecita —repitió mientras acariciaba mi espalda y el cabello que ella dice que es de oro.

Hasta ahora que escribo esto me doy cuenta de que nunca me dijo adónde se fue Magda, o sea que quizá no dije bien la frase.

Lunes

José Luis fue al pueblo y trajo noticias del Führer. Hetty me prestó su libro de frases en español, con la condición de que no lo manche ni lo tire en la alberca ni en ningún otro cuerpo de agua, y tiene que estar de regreso en su habitación todas las noches, por si algún mexicano intenta algo con ella, dice. Como sea, aprendí que la cocinera se llama María y el capataz, José Luis. Él va al pueblo en uno de los caballitos del establo y vuelve con harina, azúcar y vegetales extraños en los costales de la montura.

José Luis tiene un amigo guardia en Puerto Vallarta que ayuda a la gente con su equipaje y le dijo que Japón invadió China, de acuerdo con uno de los hombres blancos que se bajaron de un barco.

—¿Cuál era la razón de su viaje? —quiso saber Walter sobre el hombre en cuestión, pero José Luis no supo decirle.

Luego hubo mucha especulación sobre lo que esto implica y sobre dónde están Japón y China respecto a nosotros en México, y cuando se llegó a una conclusión, Hetty quiso saber si esto significaba que las olas crecerían aún más en Teopa, pero Baldomero se negó a traducirle, diciendo que ella era una de esas personas cuyo cerebro es un insulto para su propia cabeza. La única razón por la que Baldomero accedió a hablar con José Luis fue para tener noticias del barco, pero José Luis dice que los demás hombres blancos estaban preguntando sobre el Führer, eso fue lo que averiguó en Zapata, y Baldomero le dijo que era un tonto, que la próxima vez pidiera información detallada sobre su barco, porque ese barco llevaba el futuro de la historia del arte y casi todo el pago de José Luis.

Lunes

Para la cena ya todas las mujeres traían sus vestidos bordados y nos sirvieron pescado en unos gruesos platos blancos. Baldomero comió algo que tenía que arrancar de su concha y mi madre se puso su vestido con tejido de oro y todo estuvo bien y fue encantador. A Hetty le dolía el estómago y pasó casi toda la comida en silencio, lo que hizo que C se relajara y estuviera aún más abierta de lo normal.

—¡Vaya, Hetty! —dijo—. ¡Tu compañía es maravillosa cuando estás enferma!

Mi madre tenía ese hermoso resplandor que la rodea cuando ha pasado un rato con Konrad y él estaba muy bien vestido y de mejor humor. ¿Ya ves como no siempre la odia? La mayor parte del tiempo ella halaga su trabajo, ni siquiera le molestó la obra en la que le puso cabeza de caballo, porque era una pintura maravillosa y a él le gustan mucho los caballos, siempre lo ha dicho. Mi mamita puede ser graciosa y muy lista. Konrad a veces lo olvida porque ella pasa demasiado tiempo eligiendo qué ponerse y retocándose los labios, pero en realidad es muy ingeniosa, y cuando él lo recuerda y ve cómo otras personas la admiran, tenemos noches perfectas. Qué hermoso que hoy hayamos tenido una de esas noches.

La noticia de que Japón invadiera China animó a todos. Nadie conoce a nadie allá y solo Legrand y Baldomero han ido: ambos están de acuerdo en que no hay problema mientras los japoneses no tomen Bali, que es un lugar espiritual donde, según ellos, los castillos se ven como el castillo de piedra de Ferdinand en Francia. Por eso

Ferdinand es un tótem para ellos: es capaz de ir con la mente a lugares que nunca ha visitado.

También se habló de un hombre llamado Jack. No lo conozco, aunque mi madre dice que sí, que lo conocí aquí la vez pasada. Me habría gustado rebatirle que lo recordaría si lo hubiera conocido, pero ella me hablaba con tono amable y, de todos modos, no quise defenderme porque los artistas hacen escándalo cuando me ruborizo.

Aparentemente, Jack vino en los años veinte, cuando todo el arte estaba en Viena y mamá conoció al cineasta de Hollywood que le contó sobre el lugar que había construido en Costalegre. Mamá compró una casa, se rio, eso lo recordaban todos, ¿no? Compró esa casita rosa sin haberla visto siquiera, mientras bebía aquella cerveza rara. Y llevó a todos sus amigos con ella para ver la casa que había comprado, y uno de ellos era Jack.

—El señor Da-da-da —gritó Legrand, y déjame te digo que la forma en que se rio de eso me hizo pensar que no lo invitaron a ese viaje.

Y, bueno, Jack volvió a México luego del quiebre financiero de la bolsa. Los vieneses escribían sus listas para el mercado en billetes, lo cual parece algo terriblemente vulgar, y no sé si solo lo hacían los artistas o también la gente normal, pero el punto es que Jack también le compró una casa al tipo de Hollywood. Esto hizo que todos se rieran, supongo que por la casa de Jack.

—¡Yo diría que el señor Hollywood guardó las peores casas para los *messieurs!* —agregó Legrand, pero te apuesto lo que quieras a que la casa no tiene nada de malo.

No sé cuánto tiempo haya pasado Jack aquí antes de eso, pero C dijo que cuando el Führer puso fin a la pintura moderna, él se mudó a Costalegre por siempre.

—¡Y dejó de pintar! —anunció Legrand, con un dejo de alegría, debo señalar. Eso fue hace casi cuatro años y nadie lo ha vuelto a ver desde entonces.

—Deberíamos enviar a Eduardo para ver si aún sigue aquí —dijo mamá.

(Ya le dije que se llama José Luis, pero no le importó. Dice que Eduardito es más romántico y que él está de acuerdo).

—Era muy talentoso —agregó mamá.

—Insoportable —dijo Legrand.

—Quizá ni siquiera querrá vernos —comentó mamá—. Al final ya no le agradábamos mucho.

—¿Ya ven —dijo C haciendo un guiño— cómo es un hombre realmente astuto?

Después de eso, me fui a la cama para evitarme otro de sus juegos, y también porque quería dormir con la idea de que la noche había sido agradable. Estos días les ha dado por jugar a obligarse unos a otros a mirar a alguien y decirle alguna verdad. La idea es hacerlo sin ropa, para que sea cierto. Siempre me angustia que uno de ellos empiece a vagar por ahí y se me aparezca desnudo en las escaleras. A Hetty siempre le preocupan los mexicanos tan encantadores, mientras que a mí siempre me preocupan ellos. Le pedí a mamá que me hiciera una puerta de verdad y me dijo que se lo pediría a Walter, pero creo que no lo ha hecho.

Mi habitación es el lugar más hermoso de noche, aún mejor que los establos porque aquí no hay tantas moscas. Si miras hacia afuera, salvo por la luna y lo que sea que se refleje en el mar, está oscuro. A veces juro que puedo ver el reflejo de la luna en las ballenas que se asoman intermitentemente por la superficie de esa agua a la que nunca voy a entrar. Tal vez sea lo mejor. Piensa en todo aquello con lo que compartes el mar, no nada más las ballenas. Cuando era niña, mamá me contaba que su papá se puso su ropa formal para la cena cuando supo que el barco se iba a hundir. Que subió a su amante a un barco salvavidas y fue a ponerse su esmoquin o, más bien, quizá se puso el esmoquin primero, porque fueron la amante y otros sobrevivientes quienes dijeron que en la cubierta superior había unos hombres bien vestidos esperando la muerte, y que uno de ellos era mi abuelo. Mamá siempre ha estado muy orgullosa de eso, de que su padre se haya hundido de una forma tan valiente y elegante. Cuando pienso en nadar bajo el agua, me imagino abriéndome paso entre copas rotas y corbatines que giran lentamente.

¿Día?

Es curioso cuando tienes tiempo para recordar. Estoy pensando en aquellos perros. El de Stephan era sir Herbert. No me acuerdo qué quería que fuera la mía; nos los dieron los vecinos. Eran cachorros, pero fue como si solo hubieran sido pequeños una semana, una semana llena de regalos en la que pasamos mucho tiempo en la casa.

Mamá quería que yo nombrara a la mía en su honor.

—¡Anda, ponle Leonora! —me dijo, llamándola, intentando que mi perrita se le acercara.

Jueves

Hay una nueva crisis. Hetty comenzó a acompañarme a los establos y surgió un problema con uno de los animales. Hay una pequeña cabra atada a uno de los tabiques donde están atados los caballos. Parece inteligente. Pero siempre es mala señal solo ver una cabra. Hetty está agobiada por eso; la fragilidad de los animales le provoca mucho pesar. Van a matar a la cabra, dice, y probablemente ahí mismo. Recurrimos a nuestro libro de frases: «*¿A qui questa cabra?*». Creo que no lo dijimos bien, pero tras muchos esfuerzos y señas, el peón dijo que era del señor Jack.

Hetty se puso roja como siempre.

—¡Dile al señor que no van a matar a ninguna cabra hoy! —Y luego fue por aquel animal y el hombre se enojó mucho. Hetty le dijo que ella misma hablaría de la situación con el señor Jack y se abrió paso entre la boñiga de caballo para desatar a la cabra. El hombre se opuso con gran escándalo, pero en español, por lo que Hetty dijo que no teníamos más opción que ignorar sus protestas. Nos tomó dos horas llevar a la cabra a Occidente; no quería ir. Balaba y se quedaba tiesa, por más que jalábamos la cuerda.

Cuando logramos llevarla a la casa, Hetty se dio cuenta de que no sabe qué comen las cabras, así que ató la cuerda a una distancia suficiente para que pudiera ir al jardín y fuimos a conseguirle un tazón de agua. Cuando volvimos, ya había tirado casi todos los limones del limonero. Pero había sombra y el pasto es tan denso aquí que daba la impresión de que estaría bien.

Hetty volvió a la casa gritando: «¡Que nadie toque a esa cabra!». María salió de la cocina para ver de qué se trataban los gritos, y en su rostro apareció esa expresión que surge cuando cualquiera de aquí le habla, algo entre tristeza y burla por lo dicho.

Hetty anunció que iría a su habitación para escribirle una carta a Jack sobre por qué anda matando animales indefensos para que Eduardito la enviara inmediatamente, luego se quejó de que cómo iba a trabajar en lo que debería estar trabajando si tenía que ocuparse de esto. ¿Acaso a nadie le importa el bienestar emocional de los animales y todo lo demás? Pero debió de quedarse dormida o quizá se puso a trabajar en su novela, porque no volvió en mucho rato. Legrand y mamá ya habían comenzado con sus cocteles junto a la piscina cuando bajé para ver cómo le iba a la cabra. Ya no estaba. Su soga tampoco, lo cual me puso aún más triste, pues la imaginé trotando por la selva con esa cuerda azul colgándole del cuello. La selva es un lugar horrible, lleno de garrapatas y muchas lapas, y yo sabía que la cabra se iba a atorar en algo y que tendría miedo.

Llamé a la puerta de Hetty y, como imaginé, estaba dormida. Le dije que la cabra había desaparecido con todo y la cuerda azul. Se puso furiosa y dijo que si la cuerda tampoco estaba, sin duda uno de los mexicanos se la había llevado de regreso al matadero, y que cómo iba a ponerse a trabajar si tenía que andar salvando vidas de animales.

Me dijo que me pusiera mis botas altas de montar para protegerme de las espinas, que tomaríamos una linterna y la buscaríamos.

Pero no necesitamos una linterna y no llegamos muy lejos. Pasando los hermosos sembradíos hay una pendiente empinada cubierta con toda clase de arbustos espinosos y cactus salvajes. La cabra estaba a unos diez minutos caminando, con la garganta abierta. La cuerda azul estaba enredada en la maleza. Las moscas aún no habían llegado.

—Ay —dijo Hetty con la boca abierta—. Ay, no.

Lloré hasta después, porque estaba muy enojada. Apenas unas horas antes, la cabra estaba feliz con los caballos y luego un animal horrible le abrió la garganta. Hetty dijo que debíamos irnos rápido porque seguro el animal aún andaba por ahí, que probablemente era un tigre de bengala o algo igual de terrible, y en ese momento se me llenaron los ojos de lágrimas, nos agarramos las faldas por las orillas y anduvimos entre las estúpidas piedras. Fue su culpa que ese animal indefenso muriera y con tanto miedo de lo que lo atacó.

Cuando volvimos, nos sacudimos afuera de la casa y Hetty me recordó que esto era algo muy desafortunado, pero que no valía la pena molestar a los otros dada la espantosa naturaleza de la noticia; diríamos que la cabra se escapó. Y que era una pena.

Luego me abrazó contra su pecho, complacida por nuestro pacto. Esto me hizo sentir bien hasta que Hetty entró a la casa y recordé que nadie sabe qué hacer con todas las cosas buenas del mundo.

Querido Stephan:

Las cosas son terriblemente diferentes en esta casa a como eran en la «casita» y es una pena que no estés aquí. Todo funciona bien y los artistas avanzan diariamente en sus proyectos. Tengo planes de montar mucho, pero no he podido hacerlo por culpa de la lluvia, pero también porque ¡estoy pintando bastante! He tenido que cambiar los óleos por el gouache porque ya casi no tenemos pintura de aceite; esto no es malo, pues el óleo tarda años en secarse con el aire caliente.

¿Ya llegó la guerra? Obviamente esto es una tontería, pero estás tan arriba, allá en los Alpes, que a veces fantaseo con que puedes anticiparla, así como puedes anticipar la lluvia si te tiendes en el suelo. Me pregunto si la escucharás y qué verás. Aquí no recibimos muchas noticias, nada sobre el barco, lo cual tiene a nuestra madre de lo más agitada, aunque intenta no estarlo. Como sabes, Hetty Coleman no ayuda, pues es muy negativa y está convencida de que el barco se va a hundir. No sé por qué le preocupa tanto, si nada del arte que viene ahí es suyo.

Bueno, quizá exagero un poco; en realidad las cosas no están tan bien organizadas. De hecho, ¿te acuerdas de que papá recomendó a una tutora? ¿La chica suiza de Berna? Pues a nuestra madre se le olvidó conseguirle sus papeles para salir, así que ahora estoy atrapada en la selva sin quien me eduque. Pero no te mentí sobre lo de la pintura ni tampoco sobre lo de los caballos. Simplemente es difícil concretar las ideas que tengo con este calor.

Ah, y Hetty ahora es una ladrona de animales; se robó la cabra de alguien más, que se escapó de Occidente y un tigre o algo así le desgarró la garganta. Desearía tanto que estuvieras aquí con nosotros, en vez de en esa estúpida escuela. Olvídalo, ya lo sé. Te convertirás en algo tremendamente emocionante y yo iré a vivir contigo por siempre. Por favor, cásate con alguien que sea agradable para que la sienta como una hermana. Así me siento respecto a C pero, claro, con ella no puedo hablar en serio y, como bien sabes, ¡no debo decir nada halagador sobre ella!

A veces espero que llegue la guerra para que tengas que huir. Puede haber accidentes, ¿sabes? Incluso en Suiza. ¡Ahora pueden lanzarse toda clase de cosas desde el cielo!

Qué estupidez que no tenga nada interesante para contarle; solo me quejo. Ni siquiera puedo escribir algo culto sobre el lugar porque no me sé los estúpidos nombres. Hetty tiene libros sobre esto, sobre la fauna. Sé que los tiene porque subió al avión un baúl lleno de elementos de investigación para su novela. Tendré que ir a echarles un vistazo cuando baje por sus tragos.

¡Ah, sí! Podría decirle que los perros sin pelo que lo emocionaron tanto la última vez no están aquí. Y que Caspar tomó una fotografía de mi madre con una cereza sobre sus ojos cerrados. ¿Aún es bueno en matemáticas? Que nos envíe un periódico suizo. Y, además, las historias que papá nos contaba sobre las cuerdas que usaban en el pueblo para que los vientos bora no los arrastraran, ¿son ciertas? ¿Ya se agarró de las cuerdas? ¿Ya sintió el viento?

cabello, hair

caballo de mar
(sea horse)
sinking sea horse

turtle
man

the Copa

Entre los libros de Hetty encontré uno de lo más lindo llamado *Plantas mexicanas para jardines estadounidenses*, de una intrépida estadounidense llamada Cecile Hulse Matschat, quien pasó mucho tiempo viajando por México, admirando los bellos jardines y anotándolo todo. Parece que es de lo más amable; de hecho, quizá sea inglesa, porque habla mucho sobre té y cuáles son los mejores lugares para tomarlo. Pero, en serio, escribe de lo más lindo.

Albercas con aroma a loto, anillos de cemento para el riego, techos con tejas nuevas, jardines olvidados en las afueras de la ciudad; todas estas son notas que he estado tomando. ¿Acaso no evocan un mundo muy esplendoroso? Incluso describe el interior de los edificios: «Escaleras anchas y triunfales». ¡Qué manera más hermosa para describir una escalera! ¡Cómo quisiera escribir con tal viveza! Me gusta mucho escribir, pero solo para mí y en cartas. Cuando veo lo que estas artes le hicieron a papá, no me dan ganas de compartir mis pensamientos íntimos. Pero es maravilloso guardar todas mis ideas aquí. Están escondidas, a diferencia de las pinturas. ¡Nadie puede verlas a menos que yo quiera!

Capítulos del libro de Hetty que debo leer:

Un patio en Guadalajara con macetas, bancas de ladrillo
y placas decorativas   5

Fuente de mosaico para patios o *penthouses*   38

¡Colorear con bulbos!   8

Pirul
Jacaranda
Ahuehuete
¿Cactus *mammillaria?*
Lantana
Campanillas color vino tinto
Buganvilias bermellón
¿Begonias?
Turberas

Y estos son solamente los árboles, plantas y cosas que me gusta
cómo suenan.

Hura crepitans

¿Día?

Querido diario, pasó lo más increíblemente emocionante. ¡Ya conocí a Jack! Fui a los establos a cepillar a los caballos y escuchar a los peones cantar, y ahí estaba un hombre que sin saber supe que era Jack.

Se dio la vuelta justo cuando llegué. ¡Creo que me reconoció! Pero primero quiero describir mi sensación al verlo.

No me pareció conocido y, sin embargo, definitivamente lo conocía, o sea que es posible que mamá tuviera razón (lo cual es raro) y sí lo hubiera visto antes. Fue como si el aire se hubiera vuelto amarillo y sentí algo raro en mi estómago. Me ruboricé de inmediato, claro, nunca puedo evitarlo por más que lo intente. Estaba enojado y además gritaba en español real, no <u>contra</u> el peón, sino con él. Tenía una carta en la mano. Obviamente lo entendí todo después, pero en ese momento me perdí en el hecho de que era él y que hablaba español así.

Como sea, Jack llevaba una camisa suelta con rayas desteñidas y pantalones de montar. Además, un cinturón del amarillo más encendido. Sus botas estaban cubiertas de lodo. Parecía alto, quizá tanto como Konrad, pero es difícil saberlo, la verdad, porque los caballos de aquí son más pequeños que los de Europa y hacen que todos parezcan altos.

Nunca he sido buena para describir a la gente, pero me gustaría usar la palabra «distinguido». De inmediato puedes sentir que es un hombre muy importante. Traía lentes y sus dientes son de lo más blancos. Blancos y afilados, como una línea de algo; qué tonta que no pueda explicarlo de forma correcta. Aunque podría pintarla, una línea que se abre paso en la oscuridad. Labios delgados y esos hermosos dientes que, me parece, eran casi infantiles.

Tiene nariz de ave y mentón afilado, pero estas agresiones se aminoran por sus ojos, que son del gris más suave posible. No sé cómo describir esto, pero su sonrisa era retadora. Como si anduviera por ahí con un secreto y justo a mí me lo fuera a contar.

—¿*Mademoiselle* Lara? —dijo y tanto él como el peón me miraron. Y luego se acercó. Es muy alto.

—Pero si ya eres... ¡toda una princesa! —Se dio la vuelta y le dijo al peón algo que lo hizo reír—. La última vez que te vi, eras una niñita —agregó Jack, que ya había olvidado lo que estaba diciendo.

—Siete, ocho —dije.

—¡Y ahora debes tener veinte!

Esto me hizo reír porque obviamente no tengo veinte; si tuviera veinte, estaría casada y no sola en los establos sin hacer nada.

—Tengo quince —aclaré—. Apenas.

Él enarcó las cejas.

—Una edad peligrosa —comentó con picardía. Y entendí por qué a mucha gente debe de caerle bien y también por qué otros lo odian.

—¿Viniste a montar? ¿Tu madre vendrá contigo?

—Oh, no —respondí—. Ella no puede por sus tobillos. Han empeorado terriblemente. Pero tenemos... Charlotte sí montará. ¿Conoce a Charlotte?

—Sí, claro —dijo—. Es fantástica como jinete. Y una escritora tremenda. ¿Cuántos de ustedes están en ese agujero de porquería?

—Eh, creo que somos... ¿nueve?

—¿Y cuál de esos imbéciles fue el que se robó mi cabra? —Me puse aún más roja—. Mmm —dijo—. Ya veo. —Luego volteó hacia el peón y dijo algo más en español.

—No fui yo, señor —agregué rápido—. Fue...

—Dilo —me animó, sacando la carta de su bolsillo—. Sé exactamente quién fue. Hetty envió esto. Qué grandísima tonta. ¿Sabías que esa cabra era el pago para aquí mi amigo? —preguntó—. Un trato entre caballeros. Y ahora esa idiota de Hetty me dejó en deuda con él.

—Pero —dije, pateando un poco la tierra—. ¿Para matarla?

—¡Pues claro que para matarla! —respondió—. ¿Qué quieres que coman? ¿Flores? ¿Eso es lo que Hetty te hace comer con ese gentío?

—Dudo que quisiera hacer daño.

—Pero sí lo hizo —señaló Jack—. Por entrometida. Piensa en el daño para luego provocarlo. Así son los tontos. —Se guardó la carta en el bolsillo—. Y ahora, ¿qué debo hacer? ¿Debo obligar a Hetty a conseguir otra cabra para este buen hombre?

Me acaloré aún más pensando en lo que yo sabía y en ese pobre animal en las montañas, que para ese momento ya lo estarían comiendo a picotazos los horribles buitres que siempre están al acecho.

—Sería mejor que ella le pagara —ofrecí—, porque si trae otro animal, Hetty...

—Su dinero es el de tu madre y Leonora no querrá nada que ver con esto, le da anemia si no come carne. ¿Cómo está? —preguntó y no disimuló el brillo de sus ojos, y ante eso me alegré por mamá.

—Está bien. O, en realidad, ansiosa, porque no tiene noticias sobre su barco.

—¿Hartnett también vino? Y tu hermano, se llama, perdóname...

—Stephan —respondí—. No, se quedaron en Suiza. Ellos no... mi madre ya no está casada. Con él, quiero decir.

Jack se cubrió el rostro con una mano.

—No me digas. No. —Suspiró con dramatismo—. Dime.

—Se casó con Konrad. ¿Konrad Beck? Para sacarlo. Bueno, sobre todo por eso.

—Ay, Dios mío, claro. Siempre anda salvando gente. —Mantuvo la boca abierta para decir algo más, pero no lo dijo. Fue como si hubiera cambiado de dirección al timón de un barquito.

—Te diré algo —agregó, agachándose ligeramente para quedar a mi altura—. Tienes quince años. Deberías saberlo. Si quieres mantenerte enamorada de alguien, nunca te cases con esa persona. Konrad es un artista real. Tu madre será desdichada con él.

—Sí, ya lo es, creo.

—¿Él está pintando?

—Lo intenta —dije contenta por mi astucia—. Estuvo confinado en un campo.

—Dios mío.

—Ahora todos son degenerados —solté—. El Führer hizo una lista.

—Tiene razón en eso, pero es la única concesión que le haré. A mí también me echaron, ¿sabes? Pero eso fue hace siglos. —Se levantó.

No había comido suficiente y no cuidé mis palabras como lo habría hecho de haberme alimentado hasta llenarme. Aun así, pude notar que Jack pronto montaría su caballo para irse.

—Al parecer, tienen muchas ganas de verlo —se me ocurrió decir para que no se fuera—. Hablaron sobre usted durante la comida.

—Espero que estuviera buena. Porque si fue una comida mala, seguro estaban aburridos. Si fue buena, se sentían bien y estaban recordándome con cariño. —Sacó la carta de nuevo—. Entonces, ¿qué debo hacer? —Golpeteó la nota contra la pierna—. Sabes que no es fácil encontrar una cabra aquí, especialmente en febrero. En serio me puso en una posición terrible.

—Está muerta —solté—. Hetty la llevó a la casa y se escapó.

—Pues claro que está muerta. Como si algo pudiera sobrevivir una noche en ese infierno. Es increíble que estés aquí. ¿Por qué estás aquí? ¿No deberías estar en clases?

—Nos mudamos mucho. Y mamá olvidó conseguirme un tutor.

—Por el amor de... —comenzó—. Qué desastre tan espantoso. Por Dios, y quién sabe cuánto tiempo estarán aquí. ¿Dijiste que tu madre está esperando un barco? Estamos a punto de una guerra, ya lo sabes. No hay forma de evitarlo. Respeto a tu padre, pero es un idiota por haberse quedado. Y por no haber enviado a tu hermano contigo. —Negó con la cabeza—. Leonora no ha cambiado.

Me quedé pasmada, parpadeando ante toda esta información. Pero sus palabras también eran un rastro de migajas. Fue emocionante y también un poco repugnante conocer a alguien que conoció a mi madre antes que yo. Probablemente Jack sabe cosas horribles de ella, como que no quería hijos, y que mató a algunos después de mí. Claro que nadie debería saber eso, pero mamá no sabe guardar secretos, no los importantes, como ese. Creo que es demasiado orgullosa. Y, de cualquier modo, yo siempre estaba en casa cuando ella y papá peleaban.

—Pues, bueno. Tendré que ir a ese infierno. —Miró hacia arriba—. ¿Cuándo? —le preguntó al cielo—. Esta noche no. —Negó con la cabeza—. Mañana. Diles que iré a las diecinueve horas en punto y que quiero mi cabra. Eso los agobiará a todos. —Luego me sacudió el cabello y, luego, no sé. Notó cuán arriba estaba mi cabeza.

Me miró con ese rostro anguloso y peculiar. Como un ave enorme, pero no sé qué clase de ave, ¡porque no sé nada!

—No te pareces en nada a tu madre —dijo—. ¿O sí? Es muy extraño. Hay algo en tu actitud, pero puede que sea más de tu papá.

Cuando me miro en el espejo, no me parece que me vea como ninguno de los dos, y fue desconcertante ver a alguien que tampoco estaba seguro. Papá es rubio y de piel clara, y mamá es pálida pero con pecas y cabello muy negro, mientras que yo tengo la clase de piel y cabello que se broncean si no me cuido. Pero tengo los ojos verdes. Como los de mi madre. Eso tenemos en común.

Jack sí se fue en su caballo. Ya tenía uno listo y supongo que lo iba a llevar adonde vive. Solo vino a ver al hombre por lo de la cabra, pero llegué en el momento exacto.

Ahora volveré de inmediato a la casa para decirle a mamá sobre la cena. Le encantan las fiestas y tener algo que celebrar, así que estoy segura de que le agradará la idea. Trajimos algunos de mis vestidos especiales; será tan emocionante recibir a alguien nuevo.

Domingo

La cena fue toda una fiesta, alegre y llena de vida, ¡como antes! Hasta recibí un beso de mamá cuando llegué a la palapa y luego le dio un beso a María, que me ayudó a trenzarme el cabello.

Mamá trabajó con gran entusiasmo cuando se enteró de que Jack iba a venir. Se rio con el asunto de las cabras y les pidió a los cocineros que guisaran una. A Hetty le tocó encargarse de que el lugar se viera festivo, lo cual significaba principalmente quitar los jejenes de las velas y sacar las piñas de la alberca, pero lo hizo sin quejarse, y mi madre todo el tiempo la molestó diciendo que lo hacía por Jack.

¡Y yo hice un flan con María! De hecho, no es difícil: solo azúcar (cuando la ciernes, revisas que no tenga hormigas), huevos con yemas tan anaranjadas como una naranja, leche fresca, la crema más dulce y, claro, la leche de aquí que ya huele a flan, dulce y herbosa, como heno tras la lluvia.

Hubo un cambio evidente en el grupo cuando escucharon que Jack vendría. Deduzco que les agrada. Hasta Caspar se alegró y Ferdinand hizo un caminito hacia la alberca con unas piedras de lo más lindas.

Mamá pensó que sería gracioso cortar algunos diseños en las servilletas, pero Legrand dijo que, pese a su dadaísmo, Jack puede ser muy chapado a la antigua, que le gusta coleccionar basura, pero no arruinar las cosas. Por primera vez escucho que Legrand es sensato, o sea que a él también debe agradarle Jack.

La mayor sorpresa fue enterarme de que Konrad y Jack son cercanos. Y también C; se dieron un abrazo larguísimo cuando llegó

Jack, con los mismos pantalones de montar con los que lo había visto antes y un extraño abrigo. De hecho, Jack se sentó junto a C en la mesa y se estuvieron tocando todo el tiempo, como lo hacen mi madre y Legrand cuando quieren, asegurándose de que el brazo de la otra persona esté ahí cada que pronuncian una frase. Todos ellos vivieron grandes aventuras antes de que yo naciera. Me hace pensar que mamá debió de ser muy feliz en Viena. Eso fue hace mucho, antes de que se casara con alguien, con quien sea.

Claro que pasaron la mayor parte de la noche hablando de arte. Si tuvieras que escuchar a los artistas de aquí, pensarías que no existe en el mundo nada más que ellos. Salvo por Jack y C, y supongo que mi madre, a quien le gusta darles una oportunidad a todos, te costaría trabajo escuchar un halago en Costalegre. Todos y todo es «artificial» y «constreñido». Pero eso no es cierto, ¿sabes? Allá, en los graneros franceses, mi madre escondió las pinturas más extrañas. Collages con máquinas lúgubres saliendo de cabezas humanas, violines que parecían cadáveres, cuerpos femeninos desnudos hechos cubos. Daba náuseas verlas, casi como si estuvieras mareado por el movimiento del océano. Pero de mamá aprendí que las cosas más importantes son precedidas por los nervios.

Los nombres de sus pertenencias (cubismo, dadaísmo), no significan nada a menos que lo hayas visto: los materiales burdos, rescatados de la basura, los bordes dentados hundidos en pegamento. Cuando lo has visto y cuando escuchas hablar a sus hacedores, empiezas a vislumbrar de qué se tratan estos movimientos, pero cuando estás lejos, es como si tuvieras que memorizar las palabras exactas que se han dicho, de otro modo el significado comienza a desvanecerse, como cuando estás leyendo algo maravilloso, pero al mismo tiempo te estás quedando dormido.

—¿Has visto alguna de las pinturas de Jack? —me preguntó Hetty, susurrándome al oído durante la cena. Ante cada platillo se ponía roja y nerviosa: ninguno incluyó cabra. Jack realmente despertó algo en ellos. Entre ellos. Siempre han desconfiado de los que trabajan solos.

Dije que no y no agregué más para poder escuchar a los otros. Konrad estaba con un ánimo extraño y comenzó a hablar de Les Milles. Esto puso nerviosa a mi madre, porque nadie en la mesa sabía qué iba a pasar. Konrad tiene que estar muy borracho o en un plan muy soberbio para hablar del campo de concentración, y casi nunca termina bien. Pero esta noche, algo brillaba en él y estaba sentado con la espalda bien recta. Llevaba su enorme poncho, el rojo con rayas azules y amarillas, que mi madre le mandó hacer; un diseño que representa a su signo en el zodiaco chino.

—Como aquí. —Se rio, ondeando el pescado ensartado en su tenedor—. Solo que con mejor comida.

Todos se rieron. Yo me reí. Aunque fue extraño reírme de algo que no daba risa.

—Muchos hombres de letras —continuó Konrad—. Muchos hombres letrados. También teníamos músicos y científicos. Eso nos vendría bien aquí. ¿Ustedes no extrañan la música?

—Hay mucha música —comentó Jack—, si despiertas al mismo tiempo que los peones.

—¡Los escucho desde mi habitación! —agregó C—. Dios mío, es simplemente divino.

—Aunque nos resienten —soltó Konrad—. Piensan que somos unos tontos consentidos. Creen que no sabemos lo que es pasarla mal. —Su semblante se tornó sombrío—. No tienen idea.

Konrad bajó la mirada hacia la mesa y sentí una presión en el pecho. Mi madre tragó saliva.

—¡Bueno! —dijo mamá—. Es verdad que solo tienes que salir al balcón para escuchar sus canciones encantadoras. Se escuchan hasta acá. Son preciosas, ¿no? Son como... como...

—Como canciones —dijo Konrad, ensombrecido al fin.

—Lo que quiero saber —comentó Jack con voz suave— es qué será de nuestra querida Lara. —Me guiñó—. Y la respuesta correcta, Lara, es ingeniera. O ¡académica, si no hay más! Cualquier cosa, cualquiera, salvo un desastre como nosotros.

—Es muy buena para la pintura —dijo C sonriendo con ese gesto que solo usa por la noche. Al otro lado de la mesa, pude sentir cómo mi madre apretaba los labios—. Y una ilustradora maravillosa —continuó C—. Encantadora e inocente.

—¿En serio? —preguntó Jack, porque la mesa se había quedado en silencio—. Por Dios. No quieres ser artista, ¿verdad?

—No, no —respondí inmediatamente—. Es solo una forma de pasar el tiempo.

Mamá juntó las yemas de los dedos de ambas manos por encima de su enorme plato.

—Cuando superemos este asunto de la guerra —dijo—, voy a organizar una exposición. ¡De niños artistas! Calaway *Jeune* —soltó unas risitas—. Hay otro niño, Lucian... y sus bocetos, ¡es un genio! Deberían ver los rostros que pinta, inescrutables, como trozos de carbón. Pero tiene un gran estilo. En verdad es inimitable, ¡y apenas tiene doce años!

Volví a sentir la presión en el pecho. Mi madre es incapaz de, o quizá simplemente no quiere, hablar de mí.

La mayoría siguió comiendo, pero aún había interés en el rostro de Jack.

—Me parece que es momento para un intermedio, ¿no? ¿Lara, quieres? —preguntó, mostrándome una bolsita que supuse tenía tabaco.

Me ruboricé.

—Oh, no. Yo...

—¿Conoces a los ctenóforos? —Jack se puso de pie. Y luego estiró su mano hacia mí, al otro lado de la mesa, mientras todos observaban—. Ven.

Supongo que los demás notaron que aquello podría ser un insulto y se quedaron quietos; fue un milagro que mi madre no se levantara. No soporta compartir a sus invitados, especialmente a los nuevos. Y, por lo general, no se da cuenta de que me lastimó, así que no pudo ser eso.

Salimos de la enorme palapa, pasamos junto a la alberca donde Ferdinand había colocado una vela entre cada una de sus pequeñas piedras. Caminamos hasta la esquina donde comienza la casa principal y el aire caliente era como una exhalación eternamente inmóvil. Jack estaba poniendo pizcas de tabaco en un papel, perdido en esta tarea, y no me avergonzó más preguntándome si yo planeaba fumar.

Me sentía muy nerviosa. No estaba claro si me iba a preguntar sobre mi arte o si diría algo sobre mi madre; en ese momento ambas opciones me parecían igualmente horribles. Estoy segura de que C dijo «inocente» a manera de halago, porque es una palabra que usan los chiflados; en realidad, que el arte sea infantil es el máximo elogio. Pero soy demasiado joven para ser inocente de una forma interesante. Mis pinturas son inocentes porque no soy buena, o no lo soy <u>aún</u>. Siempre intento que mis obras sean despreocupadas y extrañas, pero supongo que tienes que aprender la técnica antes de poder desintegrarlo todo.

—Ctenóforos —dijo Jack con la vista puesta en el mar—. ¿Los ves? ¿Brillando?

Siempre me ha puesto nerviosa buscar algo que la otra persona ya está viendo. Es como si tuvieras que encontrarlo rápido para que no piense que eres boba y luego está esa extraña sensación mientras la persona espera a que tus ojos capturen eso que los suyos ya han visto.

La noche estaba muy cálida y los insectos extraños zumbaban. Pero sí vi el resplandor. Casi turquesa, a la derecha de las aguas oscuras y ondeantes. Luego desapareció. Luego volvió; esta vez un azul más puro.

—Son depredadores —señaló Jack, guardando su bolsita—. No muchos saben eso. Tienen bocas inmensas, gigantes. —Se cruzó de brazos y se encogió de hombros—. ¿Sabes por qué brillan?

Sentí eso que siento siempre, como si estuviera a punto de llorar. ¡Es tan raro que alguien me hable solo a mí!

—No sé nada —dije.

—Bueno, eso no es verdad. Lograste llegar hasta México en un barco lleno de tontos y tu cabeza apunta en la dirección correcta. Eso no es nada, ¿sabes?

Le dio una calada a lo que había enrollado.

—Encienden sus tentáculos como carnada —comentó—. Cuando se acerca la presa, cubren a sus víctimas con una baba bioluminiscente. Los dejan seguir nadando, el brillo les señala dónde están. A decir verdad, no tienen ninguna prisa. Cuando el brillo comienza a apagarse, comen. Eso demuestra lo que te ganas por perseguir algo hermoso. —De nuevo alzó los hombros.

—¿Es verdad que usted ya no pinta? —No debí haber hablado tan rápido, pero otra vez estaba sintiendo esa presión, como si Jack estuviera a punto de irse.

—¿Es verdad que quieres ser artista?

Esta vez sí pude mirarlo. Parecía tan alto contra la oscuridad.

—Me gustaría ser algo bueno.

Vi cómo tomaba aire. Me estudió de arriba abajo. Incluso pude sentir los dedos de mis pies apretándose contra los zapatos de tela.

—¿Volvemos?

Nunca puedo mantener una conversación durante tanto tiempo como quisiera.

Viernes

Han pasado muchos días, el calor está insoportable y Jack no ha regresado. Ya debería haber llovido, debería llover a cántaros, pero el agua no cae y el calor no baja y los árboles están ahí nada más, esperando.

Todos los artistas lo sienten; nadie está trabajando bien. Hasta C anda con los hombros tensos y la boca torcida, azotando los pies contra el camino de tierra varias veces al día, avergonzada de que la veamos, de que veamos que no está escribiendo.

Solo Hetty está trabajando bien, porque obviamente se regocija en la miseria de los demás, tiene que ser «la mejor». Mi madre languidece y quiere otra fiesta; ha andado por toda la casa con su cetro de pavorreal, suspirando por las noticias.

José Luis volvió de Zapata con los dos telegramas que mi madre había preparado: uno para la compañía de barcos y uno para mi padre; ninguno de los dos fue enviado. El encargado de los telegramas se fue a Guadalajara y no volverá en mucho tiempo. Mi madre pidió detalles, cuánto tiempo exactamente, pero José Luis dijo que nadie le supo decir.

Hetty comentó que el barco sin duda ya se habría hundido; han pasado más de tres semanas. Por mi parte, claro que sería horrible que sí se hubiera hundido, pero no puedo ni imaginar más gente en Occidente de la que ya hay ahora. Odio compartir el baño. Aunque es lo suficientemente amable, Ferdinand se tarda mucho adentro y Caspar deja un aroma amenazador en cada habitación de la que sale, como el de una alfombra que no se seca.

Imagino a mi hermano Stephan viendo soldados desde su montaña. Imagino a mi padre que no los ve porque intenta escribir. Imagino a mi padre luchando contra la hoja mientras los soldados suben por la montaña hacia la casita. Me imagino nadando con todo mi cuerpo como un resplandor gelatinoso, como una bolsa de la que no puedo salir, nadando y nadando entre los depredadores, sin saber cuándo me voy a hundir.

Comencé a pintar medusas. Pero ¿qué sé del mar real? Solo he entrado hasta los tobillos, nunca me he atrevido a más. Menos mal que soy bonita; ¿qué más se puede tener? De cualquier modo, mamá está orgullosa de mis «encantos»; eso es innegable. Le pedí que me llevara hoy a Teopa a ver si hay tortugas, pero dijo que estaba demasiado angustiada por los telegramas. Que tenía que descansar. A veces siento que, si pudiera, mi madre dormiría para irse a un mundo lejos de mí. Que despertaría en un lugar donde fuera yo quien la despertara, acariciando su mejilla y diciéndole bonita, acurrucándome cerca de su oreja para susurrarle cuál vestido me gusta más.

Mi querida, querida, querida Elisabeth:

Es curioso escribirle a alguien cuando no sabes si la carta le llegará, pero supongo que puedo practicar aquí hasta saber si estás en Inglaterra.

Tengo mucho que contarte, ¡y mucho por preguntar! Si tan solo estuvieras aquí conmigo, todo sería tan distinto. Sé que ya conoces el mar, pero aquí está lleno de ballenas. También hay cocodrilos y flamencos blancos.

Cuando tienes mucho tiempo para reflexionar, tiendes a pensar en cosas extrañas. Aquí hay tanta gente que es excelente en algo, que me hace anhelar cosas que nunca he intentado. Por ejemplo, ¿cómo sé que no soy una excelente nadadora si nunca me han permitido nadar? Quizá tú eres una arquera, señorita Elisabeth D. Canton, ¡y no una futura enfermera! ¡Solo que nunca has tomado un arco!

Lo que estoy pensando (en este incesante calor, con quién sabe cuántos días sin lluvia ¡y tres caballos que escaparon!) es que estoy destinada para algo que aún no he tenido la oportunidad de conocer. Estoy segura de que si nos hubiéramos quedado más tiempo en alguno de los muchos lugares donde vivimos, lo habría conocido. Quizá debí ser pastora, como esos fortachones ingleses. Si algo tengo es paciencia. ¡O repostera! No, repostera no. No me gusta lo dulce tanto como a ti, pero sin duda entiendes lo que quiero decir. ¿Cómo fue que te enamoraste tan pronto y tan rápido de lo tuyo? ¡Estoy segura de que sería una persona mucho más «completa» si hubiera seguido en la escuela!

Por ejemplo, la poesía. Me gustaba mucho estudiar eso, ¿sabes? Quizá hay una poeta dentro de mí que solo necesitaba un poco más de tiempo antes de entenderlo todo, como cuándo pasas de una frase a la siguiente.

O quizá debo ser madre, una madre mejor que la mía. Ay, sé que crees que es hermosa, pero a veces quiero sentirla en vez de verla por ahí con sus tontos sombreros. Ya sabes, <u>sentir</u> que me escucha en vez de estar en silencio en su habitación o riendo a carcajadas con Antoine Legrand. Quiero ser brillante y saber cosas, ¡solo quiero saber cosas! Pero en vez de eso estoy dominando la habilidad de mantenerme callada durante las conversaciones y empapar mi ropa de sudor. Un instrumento, al menos, pero no tenemos nuestro piano aún; está en algún lugar entre tú y yo (¡si es que sigues en Hertfordshire!), flotando en el mar. Quizá en el barco hay un tutor para mí, al que después de todo sí lograron meter de contrabando. (También podrías esconderte ahí. ¿No sería divertido? ¿O no sería divertido cuando llegaras?). Estoy ansiosa por aprender español, pero me da vergüenza pedírselo a la cocinera y, de cualquier modo, siempre tiene algo que cocinar.

Así que, como verás, no hay esperanza. No hay nada que pueda emprender y, obviamente, aquí todos son viejos. A veces pienso que lo mejor sería ir al océano y ahogarme grácilmente. Ser artista no es la gran cosa, no como podrías pensar; ¡deberías ver las caras en este lugar! ¿Te acuerdas de Charlotte Hartsworth? ¿La que montaba sin silla? Envolvió su manuscrito en hojas de palma y le pidió a la cocinera que lo quemara, pero María (es la cocinera y es encantadora) parece saber lo rápido que cambian de parecer las mentes en este lugar, así que no lo hizo, y yo estaba en la cocina cuando C volvió por él; los ojos se le llenaron de lágrimas cuando vio que aún existía.

Pero te diré algo que sí es diferente en casa. ¡Creo que tengo un amigo o algo así! No de <u>esos</u>, obviamente, aquí todos son ancianos; me refiero a que al fin encontré a un artista que no juega con mi cabello ni me mira como si fuera una especie de burro rebuznón. Se llama Jack Klinger y no tengo muchos detalles porque apenas lo acabo de descubrir y no le sueltas tus arengas a alguien que acabas de conocer. Solía ser parte del ambiente «dadá», creo, y vivió con mi mamá en Viena, o sea que andaba entre su grupo. No creo que estuvieran <u>juntos</u>, aunque ahora que lo escribo me doy cuenta de que no lo sé realmente, pero a decir verdad me parece que él es un tanto sensato para ella, así que probablemente tengo razón. Vive en un rancho de acá y tiene poco tiempo o poco interés en nosotros, aunque no podemos decir lo mismo. (Recuerdas a la boba de Hetty, ¿verdad? ¿Hetty la impulsiva? ¡Deberías ver cómo se ruboriza cuando Jack anda cerca!).

Todo ha estado considerablemente sombrío desde la última vez que vino a cenar y he pensado que quizá vaya a buscarlo para ver cómo es su casa, o tal vez para pintarla. Por cierto, es un «Herr», mayor que mamá incluso, pero es difícil descifrar la edad de los alemanes, ¿no crees? Konrad es igual, la verdad, se ve viejo y joven al mismo tiempo. Aunque perdió mucho peso en el campo de concentración y, pese a que los artistas lo admiran, ya no es lo que era.

¿Qué más, Elisabeth? Si tan solo pudiéramos tendernos en mi balcón a mirar el cielo. Pero no podríamos hacerlo durante tanto tiempo como en Inglaterra porque el sol de aquí quema demasiado. Hablando de grandes distancias, no tengo que decirte que mi mamá está angustiadísima por su barco. Puso todas sus obras favoritas en él para que las trajeran a México, pero primero tiene que cruzar el Atlántico y llegar a Florida. ¿Te das cuenta de lo que podría pasarnos si la colección realmente se hunde? Quizá iría a vivir contigo, donde sea que estés, y seríamos como hermanas, como siempre dijimos. Si la colección se perdiera, la reacción de mi madre sería tal que de seguro acabaría huérfana.

(Con respecto a su Gran Colección: no te imaginas cómo corrimos para recogerla cuando estábamos en Francia. Mamá hizo que escondiéramos las piezas importantes en los graneros más destartalados, luego las recogió por la lluvia y el moho, pero si tomas en cuenta las olas y la sal del océano, ¡creo que quizá hubiera sido más sensato dejarlas en los graneros!).

Sin duda es emocionante y sé lo que piensas, pero si tu madre anduviera por ahí hablando sobre poner un museo en una selva donde hace demasiado calor hasta para pensar, creo que apreciarías cómo es la tuya, ¡pese a sus chales!

Bueno, me gustaría despedirme diciendo que tengo algo tremendamente interesante que hacer, ir a mi clase de español, por ejemplo, pero no; además, parece que carezco de la imaginación necesaria para contar una buena mentira, así que ¡me iré a pensar en cómo enviarte esta carta antes de que llegue la guerra!

Tu amiga que te quiere,
Lara Calaway

Martes

Bueno, ¡supongo que uno mismo tiene que hacer las cosas cuando se trata de entretenimiento! Comencé a esperar a C en las faldas de su colina. Su escritura debe ir muy mal, pues ahí están sus huellas en la tierra: de ida y vuelta, de arriba abajo, de abajo arriba, hacia la enorme casa.

En realidad, la primera vez no fue a propósito. Me había llevado el libro de jardinería de Hetty al final de la entrada de la casa, cerca de donde inicia la selva. De hecho, me puse una tarea: describir las cosas que viera. Quería usar lenguaje poético, intentar plasmarlo en la hoja. Esto salió:

> Un tigre detrás del follaje estrellado (¡quizá! en la oscuridad).
> Lianas que se enredan como cables caídos, verdes, dementes, hinchados.

Eso es todo, y estaba muy metida en eso cuando C apareció en el camino. ¿Creerás que pareció aliviarle que estuviera con ella? A mi padre también le pesa la soledad cuando escribe. Por eso conseguimos a los perros.

—¿Quieres ir a caminar? —me preguntó. Acordamos ir hacia los establos y cada quien tomó una vara por si un cocodrilo se nos aparecía en el camino. (Esto no me ha pasado a mí, pero sí le pasó a C en una caminata en la que Konrad no la acompañó. Su caballo reparó, obviamente, pero ella logró controlarlo. Confío en que esto es verdad porque C nunca presume de sus experiencias; suele ser bastante prosaica sobre las cosas, a decir verdad).

Haré un esfuerzo por anotar lo que vimos al pasar, usando el libro de plantas de Hetty. Chirimoyas espinosas que caían al piso haciendo un sonido seco y unas flores del viento mexicanas de un increíble rosa que se habían abierto paso entre los árboles y que, según supe, son las mismas que Ofelia fingió entregar en «Hamlet», o de hecho lo hizo. Las cosas pueden sentirse así en Costalegre, reales e inventadas al mismo tiempo. Por ejemplo: ¿por qué hay flores abiertas en invierno?

Un aro de hierro por aquí y otro por allá para atar a los caballos, pero fuera de eso solo este camino estrecho con su dosel de cipreses y su tierra demasiado seca. Toda clase de insectos trabajando de aquí para allá, de los cuales ni siquiera Cecile Matschat, con toda su sabiduría hortícola, sabe sus nombres.

—Debes estar tremendamente aburrida —dijo C mientras caminábamos. La verdad es emocionante no saber qué te dirá alguien, y que luego lo diga—. ¿O te gusta la naturaleza?

—Sí, me gusta —respondí—. Intento aprender. —Le mostré el libro que llevaba, el de los jardines mexicanos—. Es de Hetty —dije al ver su expresión confundida—. Para su investigación.

—Ya veo. —C sonrió—. ¿Y ella no va a investigar hoy?

Sentí la necesidad de protegerla, aunque sea boba. Después de todo, Hetty me prestó el libro de jardinería y también el de frases en español.

—Creo que ya pasó la parte de la investigación.

—Claro.

Seguimos caminando.

Como ya volví a Occidente, puedo simplemente enlistar las cosas sin intentar describirlas:

Daturas
Jacaranda
Conjuntos de castaños
Árboles de chiles muy rosas

¿No suenan más hermosos sin que intente describirlos en el sitio donde los acabo de ver? Porque qué sé yo sobre ellos, salvo que la jacaranda se volverá morada al florecer y que probablemente nos pudimos haber comido las castañas de haberlas traído con nosotros. Pero es difícil saber qué acción es demasiado íntima cuando vas por la selva con la mujer a la que tu nuevo padre prefiere. Agacharse a recoger castañas es quizá una de ellas.

—¿Crees que Jack volverá? —Intenté sonar como si estuviera haciendo conversación, pero C es bastante astuta.

Me sonrió de manera obvia.

—¿Tú también? —dijo con un gesto burlón. Tuvo la cortesía de no insistir en que le respondiera—. Siempre fue un gato.

No sé qué quiso decir con esto, tampoco quería que se diera cuenta de mi ignorancia, así que no le pregunté.

—¿Lo conoces desde hace mucho? —pregunté, pues me pareció una duda perfectamente razonable, pero ella me seguía mirando. Con ese mismo gesto.

—Más o menos —dijo—. Como suele pasar con tantas mudanzas. Lo expulsaron, ¿sabes? Lo vetaron antes que al resto de nosotros. Konrad y Jack estudiaron con Schlechty. —Tosió, y luego levantó una mano—. Con el Führer. Pero Jack no suele tener tacto. Me temo que se excedió al señalar lo malo que era el Gran Führer como artista, lo... tedioso, ¿sabes? Pero a algunos no les gustan las bromas. Aunque, supongo que en realidad no era una broma. Probablemente Jack pudo olerlo desde entonces. Cuán vengativo podía ser. Cuán... loco. Creo que a Schlechty le enfurecía estar rodeado de personas tan talentosas. Además de... —Levantó un dedo, como para dirigir sus pensamientos—... insolentes. Porque Jack hace de todo, ¿sabes? Collages, dibujos, pinturas... incluso a veces escribe. Pero no le interesa. Antes sí. ¿Supongo que no sabes que pintó para la guerra?

Dejé que mi garganta soltara un sonido ahogado; no quería que dejara de hablar.

—Fue artista oficial de la guerra. ¿Te imaginas? No creo que ahora haya de esos. Los enviaban a pintar a los combates.

C se detuvo de golpe y se inclinó para observar un insecto palo que se estaba comiendo una hoja verde y espinosa, o al menos una parte de ella.

—Así fue como terminó en el dadaísmo —continuó C—. Nada significa nada y todo eso. Esto fue después de la guerra. Intentaron mostrarle al mundo el sinsentido... —Acarició el lomo del insecto—. Jack creyó en eso por un tiempo. En serio. Hubieras visto lo que hacían en Viena. —C sonrió y se incorporó. Parecía decidida a continuar y, ay, ¡me emocioné tanto!—. En verdad creían. Fuego, fuego, fuego. Y además hicieron que la gente también se emocionara con ello. Pero luego llegó la caída de la bolsa y la absurda inflación. Resultó que la gente solo quiere comprar cosas, no quiere cambiar de parecer.

Observé cómo el insecto llegaba al punto en el que el camino de tierra se convierte en selva para reunirse con el resto de los comehojas en el bosque.

—Pero, bueno, todos dicen que ya no hará más arte. Lo cual probablemente no es verdad. Si fuera cierto, estaría muerto. Algunas personas necesitan crear para estar completas. Espero... —Había angustia en su rostro—. Espero que vuelva a crear.

Por el lugar al que apuntaban sus ojos supe que ya no estaba hablando de Jack. No soy inmune a lo que se dice; yo también viví en esas casas. Que algo dentro de Konrad se quebró en Les Milles para siempre. Que experimentar el miedo real no era tan liberador como los artistas pensaban.

—Bueno —dije, pues no quería entrar en el tema de Konrad porque, a su manera, sería como hablar de mi madre, a quien C una vez llamó «intrascendente» frente a mí—. Entonces, ¿crees que regresará al arte?

—Ah, claro —respondió—. Cuando tenga tiempo. Sabes, Jack no es como el resto de nosotros, que andamos por ahí azotando la cabeza contra la pared día tras día en busca de las palabras correctas. Por lo que sé, él vive como todo un mexicano. Vende ganado, mata ganado, no sé. —De pronto pareció estar muy inquieta y temí que fuera mi culpa.

—Pero, sí —continuó C, como decidida a ser amable—. Sería agradable hacer algo. Realmente hacer algo. Algo que no sea esto. —Su seña englobó la caminata y también la espera: la espera de la llegada del barco, la espera de la lluvia, la espera del tiempo en que volverá a trabajar con orgullo, sin tantas interrupciones.

—Es un hombre especial, ¿sabes? —dijo C, con los hombros un poco más elevados—. Nunca le ha pertenecido a nadie. Nunca lo pudieron comprar.

Mis mejillas ardieron. ¿De quién más podía estar hablando si no era de mamá? Y ¿por qué lo haría, si estábamos teniendo una charla tan agradable? Pensé que era obvio, casi como una regla, que no hablaríamos de mamá.

Casi no vale la pena apuntar que no llegamos a los establos. O que no me atreví a decirle nada más a esa mujer después de eso. ¡Qué terrible! Entre más se acerca mi vida a algo significativo, siempre hay una razón, el decoro, la historia, una insinuación para alejarme.

¡Tendré que aprender a ser más valiente y dejar de tragarme mis preocupaciones! Por ejemplo, pude haber dicho: ¡Eso está fuera de lugar! Sé cómo es mi madre y lo que dice la gente, pero Konrad se habría muerto de hambre si ella no se hubiera casado con él y ahora está aquí. Acabado, sin duda, pero C también está aquí y sin duda no es correcto hablar de la madre de una persona diciendo cosas que no son.

Me parece que Charlotte es interesante, ¡pero también es GROSERA!

Lunes

¡Noticias de verdad! Noticias de verdad, al fin. Los nacionalsocialistas tomaron Austria, por lo que todos hablan de Anschluss. Trajeron un periódico de Vallarta: ¡el Führer llegó a su ciudad en un auto con un desfile de más de cuatro mil guardias!

Ahora Austria y Alemania son una de nuevo, y Baldomero está encantado. No por el Anschluss sino porque ¡México se alzó en armas! Aparentemente México es el único país que considera que el Anschluss no está bien, y Baldomero y Legrand no podrían sentirse más orgullosos de estar aquí. Hasta a Caspar se le ha visto sonriendo.

Baldomero dice que es muy emocionante ver un lugar con tesón y Legrand se conmovió casi hasta las lágrimas al celebrar la lucha imposible de este país contra lo que él llama «pereza del alma».

Las dificultades, dicen, las dificultades están en el centro de todo esto; si nunca has tenido una cuchara de plata, mantienes tu esencialismo, y obviamente ya volvieron las propuestas de despedir de nuevo a los sirvientes.

Mi madre está encantada con el orgullo y la rabia: han hecho que los artistas se pongan a trabajar. C ha estado escribiendo frenéticamente y Hetty se la pasa en su habitación con la puerta abierta, lloriqueando por el barco. Está segura de que sí habrá guerra y que un submarino se robará las pinturas. No tiene por qué preocuparse, pero siempre ha sido así. Konrad no ha salido de su cuarto, pero mamá piensa que es una fase. Walter está enfermo de algo, tiene la piel verdosa y se pasa la mayor parte del tiempo en cama. Las noticias paralizan o catalizan: estoy aprendiendo más que los nombres de todas las plantas.

María ha estado haciendo estofados muy picantes. A mí me da un plato aparte, pero el estofado principal es casi incomible. Creo que intenta recordarles a los artistas lo que es realmente mexicano, pero nadie se atreve a quejarse porque en este momento están demasiado impresionados por la cultura y el orgullo del país. Mamá ha hablado sobre organizar una misión a Puerto Vallarta para buscar noticias sobre su barco; también planeó otra cena, quiere que sea mexicana. Para celebrar el hecho de que hayamos venido al lugar correcto. ¡Incluso envió a José Luis con una nota para invitar a Jack! No estoy segura de cuándo será, pero sin duda lo hará a lo grande.

Hablando de expediciones, Baldomero dice que no hay mejor momento que este para buscar a su monito. Dice que con la obra a gran escala que está creando aquí y con el kinkajú que va a rescatar, los mexicanos probablemente colgarán su retrato sobre las camas y en sus tienditas, y que por eso es esencial que encuentre a la criatura mientras el aire aún está lleno de orgullo.

Mi madre le comentó que es tan mexicano como ella; de hecho, ella es más mexicana porque tiene una propiedad aquí, y Baldomero dijo que su sangre está llena de lunas de rabia hispana.

Hura crepitans
Los primeros jardineros

Pasó algo de lo más curioso, el *Hura crepitans*, el árbol arenero (al que aquí también llaman ceiba, salvadera, jabillo y mono-no-trepa) es un árbol de hoja perenne de la familia de las euforbiáceas que prefiere la media sombra y suele cultivarse para dar este mismo tipo de sombra.

Este árbol, que alcanza hasta sesenta metros de altura, está cubierto de espinas afiladas y corteza suave (muy preciada para hacer muebles si alguien logra separar las espigas de la madera). Sus flores rojas nunca se abren, aunque el árbol sí produce una fruta peculiar, una fruta inestable que suele estallar espontáneamente cuando madura, por lo que sus semillas salen volando a hasta cien metros de distancia a velocidades de doscientos cincuenta kilómetros por segundo. El sonido que producen estas explosiones se acerca mucho al de la dinamita y se sugiere mantenerse al margen de esta malhumorada creación, donde no caigan las semillas.

Me dijeron que la savia de este árbol es tanto lechosa como venenosa, y que los pescadores nativos cubren sus anzuelos con este veneno. También pueden sumergirse las puntas de las flechas en esta sustancia, de modo que uno comprende, a medida que estudia este árbol, que es enormemente tonto aventurarse solo por la selva.

Jueves

Mi nuevo padre está trabajando en una pintura. Mi madre me despertó con la noticia. Yo no entro a su estudio, no al de México. Los de las otras casas eran más difíciles de evitar.

Mamá está halagada, encantada, emocionada. Me sacó en camisón, diciendo que Konrad había ido a montar, sin duda en celebración, y que nosotras deberíamos celebrar también. Que quizá la oscuridad lo está abandonando. Que es una obra increíble.

Nunca me ha gustado entrar al estudio de los artistas sin que el artista esté presente. En general se siente como si estuvieras viendo las entrañas de una persona ausente. O como si te sentaras en sus pensamientos. Es mucho más cómodo y cortés cuando el creador está ahí contigo, frente a algo enorme y escalofriante que ni él puede comprender. El artista siempre se ríe o derrama lo que está tomando y dice esto o aquello sobre lo que hizo esta vez para evitar que el trabajo quede bien.

El estudio de Konrad es una habitación vacía circular, como la mía, pero está en el segundo piso. Las paredes son blancas y los postigos de madera estaban cerrados, lo cual hacía que la luz se viera malva. Por la orientación de la casa, sabía que tiene vista al mar, y que si avanzaba hacia la ventana (y abría los postigos), quizá podría ver a C y Konrad cabalgando en la playa, y fue justo entonces cuando se me ocurrió que tal vez fue mi madre quien cerró los postigos.

Había lienzos de todos tamaños recargados contra las paredes, algunos aún ni estaban colocados y había otros tirados en el suelo.

111

Dada la forma circular de la habitación, los lienzos parecían rodearte, aunque estuvieran volteados hacia el otro lado. Fue raro ver tantas pinturas vacías en una habitación tan blanca. En casa, en cualquiera de las casas, siempre hubo pintura: pintura secándose, pintura goteando, intentos en todas direcciones, muebles de madera pintados cuando Konrad ya había pintado todo lo demás.

En cambio, aquí... solo unas cuantas cosas. Una figura amarilla dando una voltereta, una mujer como cáscara de fruta. Un bosque de peronés. Brochazos que no llevan a nada.

Sin embargo, en el centro de la habitación, prendido a un caballete: la razón por la que mamá me trajo hasta aquí.

—Un ajuar de bodas —dijo mamá, con los pies y la sonrisa al desnudo—. Increíble —continuó, con su pequeña mano sobre el corazón—. De lo mejor que ha hecho.

Mis pies también estaban desnudos y el suelo se sentía frío. Era temprano. No se escuchaban otras pisadas ni voces. Solo mi madre, el suelo frío y esa cosa aterradora.

Cuatro siluetas. Cuatro siluetas saliendo del abismo de una habitación. Un espejo detrás de ellas, el suelo a cuadros en blanco y negro, una columna sinuosa a la derecha. A la izquierda, un ave guardiana: un cisne del color de la gangrena con manos humanas que sostienen una flecha oxidada contra la ingle del novio, y esa figura, la novia, un humano largo y pálido, con piernas infinitas, pechos turgentes, el rostro y los hombros cubiertos por un velo rojo hecho de plumas y los ojos muy abiertos. Ojos de ave y un pico enmarañado adentro: la capa cayó al suelo a su alrededor, el efecto que causa es como si algo se hubiera dejado ahí para que se descompusiera, y la desnudez de la mujer adentro. A la derecha de la novia, una camarera, también desnuda, con el vientre hinchado, los senos hinchados, parte del cabello hecha de ojos que apuntan en la dirección opuesta al guardia. La novia está como cegada, estira una mano buscando de qué asirse, pero solo está el pecho protuberante de su acompañante, perdido en alguna labor. Pero cerca de sus pies, casi a sus pies, si el guardia elige no moverla, hay una horrible niña gnomo, preñada e hinchada, tallándose las lágrimas con su puño verde.

Mamá aplaudió.

—¿No es <u>fantástica</u>? —preguntó con tono emocionado—. ¡Mira qué bien me pintó! Las piernas son tan delgadas como las mías y el estómago excepcionalmente plano. Especialmente comparado con esta figura de aquí. —Señaló hacia la mucama, la cual sospecho que era C—. Qué vergüenza. ¡Me encanta!

Mamá nunca espera que yo comente las pinturas, que diga si son buenas o malas. Necesita un testigo que la escuche diciendo que son algo que no. Y luego eso es lo que repite en público. Esa será la impresión definitiva.

Ya había aparecido antes en las pinturas de Konrad, como en la que mamá tiene cabeza de caballo y una túnica hecha de entrañas. Supe cuál personaje era yo porque su cabello es como el mío. Estoy mirando hacia el mar. Traigo una camisola que me llega por encima de las nalgas y luego nada, no hasta las pantuflas azul turquesa que solían ser mis favoritas, las que tenían unos moños dorados.

Sobre esa obra, mamá les dijo a todos que su representación ocupaba la mayor parte de la pintura, que era la más grande y con los brochazos más elaborados, que la túnica de entrañas que lleva fue muy complicada de pintar. Dijo que el que nos incluyera como familia en una obra tan grande demostraba la lealtad de Konrad.

Una debería olvidar estas cosas. No debería pensarlas demasiado. Pero suelen volver a ti, la cicatriz rosada, los zapatos azules.

Lunes

El almuerzo no puede traer nada bueno. Mi madre suele decir esto, pero Jack solo podía venir a almorzar y los hombres no pueden pescar por la noche. Por esto, todos se reunieron a las dos treinta, sin importar su trabajo, o su odio.

Ya volvimos al estancamiento. El calor sigue, implacable, la noticia es que no hay noticias, la lluvia amenazaba con caer en cualquier momento y luego (nada más para molestar) no lo hizo.

Durante el fin de semana, otro caballo desapareció del establo. Por la noche se escuchan sonidos oscuros, como una especie de jadeos. No son relinchos ni gemidos; son los gritos de animales que van a escapar.

Cuando Jack llegó a almorzar, hasta parecía como si algo lo hubiera rastreado a su propio caballo. Con las orejas gachas y los ojos redondos bien abiertos. Las fosas nasales enormes y desesperadas. Nada bueno puede pasar de día.

Konrad descubrió que mi madre vio la pintura y que se la pasó halagándolo ante todos. Jactándose de que «había vuelto». Como castigo, él dejó de trabajar, o no ha podido hacerlo. Dijo que apuñaló el cuadro con un cuchillo, pero no creo que lo haya hecho. Es más probable que use un cuchillo contra mi madre, ahora que estamos todos para presenciarlo.

Ayudé a María a hacer otro flan, pero esta vez no fue tan divertido. El lunes suele ser su día de descanso, por lo que nadie del personal está contento con esto. No sé por qué tuvo que ser en lunes, o por qué pescado, pero así fue y así se hizo. María no tarareó como suele hacerlo, tan solo una palabra cantada de vez en vez, solo me miraba con lástima y negaba con la cabeza, y me daban ganas de decirle: ¡estoy bien! Después de todo, estoy aquí, cocinando contigo, no soy la oscuridad de mi padre, yo no hago esas cosas. A veces, como en este día, solo quiero ser una niña en una casa rosa junto a la playa, con libros en inglés para entretenerme, con amigos para jugar y con arena y harina de maíz bajo las uñas.

Me cambié para el almuerzo. A quién le importa. A veces siento como si mi belleza fuera algo con lo que se espera que me presente, y entonces intento no hacerlo, pero supongo que también soy vanidosa. No quería que mi madre se quejara de que hubiera preferido el vestido blanco al rosa, que mi cabello no debería estar recogido. Hasta Baldomero opina que, cuando me dejo el cabello suelto, es impresionante. Legrand estira una mano y pasa sus dedos regordetes entre mi pelo. Dice que es un tesoro. Uno internacional.

Jack llegó tarde, por lo que los chiflados comenzaron con uno de sus viejos juegos a la orilla de la alberca. Hetty en traje de baño, con sus torneadas pantorrillas estiradas y Legrand hincado frente a ella, pintando líneas alrededor de los dedos de sus pies.

—¡Soy una cebra! —gritó Hetty. Había tomado vino; los otros también. Los cántaros seguían llegando; María tenía un gesto de molestia.

Yo estaba sentada bajo la palapa, leyendo mi gran libro sobre los paisajes del lugar, el cual me está resultando un poco pesado. La autora está tan absorta en su mundo de plantas, completamente perdida en él, siempre comiendo fruta. Siempre en un lindo local comiendo frutas encantadoras. Dedica su vida a la tarea de tomar nota sobre esas plantas. Qué terriblemente perverso ser tan monotemática. Y qué fortuna para ella.

Baldomero fue a sentarse junto a Hetty y puso la brocha en su muslo. Mi madre dijo algo que hizo reír a todos, pero no escuché.

Hetty traía un sombrero enorme; le gustaba cómo se veía. C ya estaba medio desnuda en la alberca. Mamá dijo un día que la primera vez que vio a C fue en una fiesta a la que llegó completamente desnuda con las plantas de los pies pintadas de amarillo mostaza, dejando huellas por toda la casa. Esto es algo que a la vez creo y no creo. Pero supongo que es verdad.

Cuando Jack llegó, Baldomero estaba blandiendo su pincel hacia la ingle de Hetty y yo fingía estar absorta en mi gran libro. María se encorvaba cada vez que le pedían más vino tinto.

El lugar estaba hecho un desastre de nuevo. Quizá porque no era de noche, mi madre no se esforzó mucho; la basura de los otros juegos seguía en la alberca. Una lámpara de papel aplastada. Una mesita en la que Walter y yo jugamos cartas. C flotando panza arriba con los pechos al aire y los pezones apuntando al sol cual cerezas sobre una *île flottante*, lo cual pensé antes de que Legrand lo dijera en voz alta, gritando: «María, María, ¡hay que batir crema! ¡Nuestra *île flottante* está flotando!». Y todos se rieron. Se necesitaría a una persona muy inteligente para hacer un diagrama de lo que los chiflados consideran gracioso.

Jack se apareció con su cara de pájaro. No todos estaban ahí. Hace mucho que Walter dejó de comer con nosotros; mamá pide que le lleven la comida y solo tiene sus platos sucios como prueba de que no está muerto. Caspar estaba entre los arbustos, intentando atrapar a cierto insecto cuyo nombre ya olvidé, pero tiene el dorso negro azulado y antenas aserradas; ha estado tomando fotografías de estos insectos usando solo agua, sombra y sol. Ferdinand sí estuvo un rato, pero en ese momento no estaba. Le ha dado por ir a Teopa a dar largos paseos para recoger más piedras.

El grupo vio a Jack. Mi madre levantó una mano y la ondeó para saludarlo, la expresión corporal de él fue de incomodidad, lo cual la hizo reír.

Konrad también estaba ahí, en una silla de palma cerca de la alberca. Con pantalones blancos, camisa blanca abierta hasta el ombligo, demasiado delgado, pero sin pena al respecto como antes, con su piel bronceada como la de nadie. Y sin pelo, como un niño.

—No voy a comer una orgía —dijo Jack—. Me invitaste a un almuerzo.

—Ay, hablas y hablas y hablas y hablas y hablas —se burló mi madre, poniéndose de espaldas—. Llegas muy tarde, ¿sabes?

—Se escaparon tres de mis vacas. Este clima. —Lo vi quitándose el sombrero—. Si tan solo lloviera.

—¡Más alacranes para nosotros! —anunció Baldomero, separándose de Hetty—. Tengo una gran colección. Deberías ver sus entrañas. ¿Las has visto? —Hizo un sonido como de asco. Y luego sacó una pluma del bolsillo de su capa y comenzó a hacerle cosquillas a Hetty en los dedos de los pies.

—No estoy de humor para esto —dijo Jack—. ¿Vamos a almorzar?

Volteó hacia la cocina detrás de la palapa, de donde sale la comida. Su rostro no cambió al verme, lo cual me hizo sentir como una tonta. María probablemente no volvería a salir, no hasta que llamaran a comer.

Y entonces me levanté, aunque me sentía indeseada, y pregunté si debería ir por ella. Después de todo, quería decir algo.

—¡Ja! ¡Por él sí se levanta! ¿Y los demás qué? ¡Hay un motín en la cocina! —dijo Baldomero, cuyo rostro estaba cubierto de sudor.

—*Hallo*, Heinrich —canturreó C desde la alberca, donde estaba nadando suavemente hacia atrás, sin tocar las orillas.

Observé cómo sus brazos abrían el agua. Pude ver sus axilas. Me atreví a mirar a Jack porque ella le dijo Heinrich.

—En verdad son unos degenerados —fue lo que dijo Jack.

—Ay, por favor —se quejó mi madre, levantándose la falda para mostrarle los dedos de los pies—. Tú también solías serlo.

Quiero contar las historias. Las que no pueden ser reales. Aquí va una historia que Magda solía contarme. Magda, la de los «Duérmete, cariño» y los pedazos de pan caliente.

En las montañas hay mujeres llamadas «Ciguapa», que van desnudas salvo por sus cabellos. Sus pies apuntan hacia atrás, por lo que la gente que intenta atraparlas pierde la cordura intentando descifrar hacia dónde van sus huellas. Si ves a una a los ojos, quedas paralizado para siempre. Muchos viajeros quedan paralizados en las montañas. Mueren de miedo y de frío.

¿Qué pasaría si guardara todo dentro de mí? ¿Qué pasaría si no supieras hacia dónde van mis pasos?

¿Lunes?

Aquí va otra historia. Mi hermano estaba en México con nosotros, años atrás, la última vez. Mi madre estaba casada con nuestro padre: el primero, el que escribe. Nos quedamos en la casa rosa sobre el agua, arriba de una playa también rosa. Había un restaurante en la playa llamado Playa Rosa. Almorzábamos ahí todos los días. El restaurante estaba lleno de gente, incluido el famoso cineasta que inició este lugar. Había mucho ruido y la gente estaba feliz, nos acariciaban la cabeza y decían: «qué lindos, qué adorables».

Íbamos con el estadounidense a ver a sus hombres pescar. Él nos dejaba quitarnos los chalecos salvavidas enmohecidos cuando nuestra madre ya no alcanzaba a vernos. Esta es la historia. Un día, mi hermano rogó que lo dejaran ir a nadar. El estadounidense solo se rio. Vi cómo mi hermano lo pensaba por un momento en la orilla del pequeño bote. Sabíamos la clase de cosas que nadaban debajo de nosotros porque las habíamos visto cuando las sacaban del agua, luchando, siempre luchando, para quedarse dentro del mar.

Mi hermano saltó ese día. Estuvo a punto de ahogarse. Era obvio, pues nunca había nadado. Pero lo que más recuerdo no es al estadounidense saltando para rescatarlo mientras su empleado detenía el motor, sino la sonrisa de mi hermano al lanzarse al océano. La belleza de esa primera vez que era solo suya.

No tenía miedo, ¿sabes? Le pedimos al estadounidense que jamás se lo contara a nuestra madre y dudo que lo haya hecho. Pero esa noche y todas las otras noches en la casita, Stephan me ponía las manos en los hombros y me susurraba emocionado: «¿Viste lo que hice?».

Martes

El pleito empezó al discutir acerca del Anschluss. Para entonces Walter ya estaba con nosotros; se veía más cansado que enfermo. Dijo que apresarían a su familia. Sin duda, pues el Führer tiene a tantos en su ejército que ya deberían saber de los papeles que falsificó, que fueron demasiados, que fue un tonto por haber venido.

—¿No podemos comenzar con algo más ligero? —preguntó mi madre—. Estás aquí. Todos escapamos. En cuanto ese hombre vuelva de Puerto Vallarta, arreglará su telégrafo. O enviaré a Eduardito a Puerto Vallarta. Iremos de viaje todos.

—No tengo forma de saber —protestó Walter—. No tenemos forma de saber. No sé si están bien.

—Y yo no tengo forma de saber si mi barco se hundió —dijo mi madre—. Solo podemos saber lo que está frente a nosotros. Y, bueno —resopló—, ni eso.

—No deberíamos estar aquí —señaló Caspar, que aún no había encontrado su insecto.

—Y, según tú, ¿dónde deberíamos estar? —preguntó mamá—. ¡Ustedes son una terrible compañía! Rosa, ¿nos prepararías unas margaritas? Tal vez eso nos alegre...

—Su nombre es María —aclaró Jack, que no estaba tomando vino. Me ruboricé porque yo lo sé, y lo he dicho, pero no insistí públicamente, que es lo mismo que no decir nada.

—Creo que deberíamos comenzar de nuevo. Sin hablar de lo que no nos haga felices —insistió mamá—. ¿Ya te enteraste sobre

125

la obra maestra de Konrad? Tienes que verla, Jack. Sin duda es su mejor trabajo.

—No está terminada —dijo mi padre falso—. Y no estaba lista para que la vieran.

—Y, aun así, la vimos y quedamos fascinadas. ¿Verdad, Lara?

Todos voltearon a ver lo que yo iba a hacer con mi rostro y mis palabras. Hasta Konrad, debo decir.

—No sé —respondí, tímidamente—. Si no estaba lista...

—¡Pero ese es justo el punto! Ellos lo pintan y nosotros lo vemos —dijo mi madre—. El arte se hace para <u>verlo</u>. De no ser así, lo guardaríamos en ataúdes y no en museos. Estoy segura de que es su mejor trabajo, como también sé que lo venderá a un muy buen precio.

—¿A ti? —Se rio Legrand—. ¿O a mí?

—*Genug!* —gritó Konrad, azotando un tenedor—. ¿Por qué siempre, siempre, <u>siempre</u> tienes que hablar del precio? ¿Sabes lo molesta que eres? ¿Sabes lo poco que le agradas a todos aquí? Justo esta mañana, en el establo, vi esas piececitas brillantes y pensé: «¡Dios! ¿No sería maravilloso si...?».

—¿O sea que ahora crees en Dios? —preguntó mi madre, cortando su pescado—. ¿Tan cerca estuviste de la muerte?

—¡Ay! —gritó Hetty, tomando su servilleta—. ¡Pensé que tendríamos una charla ligera!

—¿Por qué no simplemente comemos? —propuso C—. Mientras aún hay comida.

—No seas trágica, querida —ordenó mi madre con tono cantarín—. La guerra no llegará hasta acá.

—Nosotros somos la guerra, imbécil —soltó Konrad—. No hay suficientes peces en el mundo para cambiar el hecho de que eres judía, carajo.

Jack alejó su silla de la mesa.

—Basta. Sé que carecen de decencia, pero hablar así frente a una niña...

—Oh, Lara no es una niña —dijo Konrad—. Mírala. —Sacudió una mano—. Mira.

—Es una niña —declaró Jack sin mirar—. Y no debería estar expuesta a sus asquerosos juegos. ¿Dónde está su hermano? ¿Dónde está su padre? ¿Qué les pasa a todos ustedes?

Ahora Jack estaba mirando a mi madre, que tenía las manos entrelazadas sobre su plato.

—¡Ay, por favor! —gritó Hetty—. ¡Se los suplico! ¡El almuerzo está delicioso!

—Estaba —dijo mi madre, limpiándose la orilla de los labios con una servilleta bien planchada—. Me parece verdaderamente fascinante tu interés en la crianza. Teniendo en cuenta que eres un fugitivo casado con sus vacas.

—Tú también te fugaste, ¿no? —preguntó Jack—. Todos somos unos cobardes.

—A mí me parece mucho más agradable estar viva —dijo mi madre, haciendo sonar la campana, pues se le había acabado el vino—. Y si estoy sola en esto, podemos conseguir un pasaje de vuelta para quienes se sientan insultados por vivir en paz. Aunque me atrevo a decir que la comida y la bebida serán más... escasas.

—Das asco, mujer —dijo Konrad, poniéndose de pie—. Y arruiné mi vida al unirla con la tuya.

Todos lo escuchamos al final del camino de entrada. El estruendo y luego el chillido. El caballo de Jack se había escapado.

Flores silvestres de México

Las suculentas tropicales florecerán fácilmente en nuestro clima templado, aunque muchas de ellas odian las heladas y deben llevarse a interiores a la primera sospecha de frío. Sin embargo, suelen prosperar gloriosamente.

Se supone que un jardín de rocas se asemeja un poco a un paisaje de montaña.

Es probable que la *Draba mexicana* resista incluso fríos y húmedos inviernos como los nuestros. Debe colocarse al sol directo en tierra bien drenada y para el otoño ya debería haber madurado por completo. Se reproduce mediante división o semillas, que se han de sembrar en primavera y otoño.

Jardines coloniales

En cada paraje desolado se encuentra una iglesia, cuyas cúpulas de azulejos brillan contra los enormes volcanes.

¡Los jardines de México son diferentes a cualquier otro en el mundo!

Miércoles

Obviamente el almuerzo terminó ahí. Konrad derramó su vino y observó impasible cómo se regaba en el suelo de madera. Mi madre no dijo nada, aunque nos salpicó los pies.

Luego Konrad se fue, supongo que a Teopa. C se rehusó a ser discreta y lo siguió. Mamá se quedó en la mesa y se comió su pescado mientras Jack se acercó a una de las sillas vacías y habló con ella, en voz demasiado baja, por lo que los demás no podíamos escuchar. Esa conversación me dio esperanza. ¡Él quería tantas cosas! Quizá el mejor artista es un artista maduro, pues al fin puede desear que algo bueno le ocurra a alguien más. Creí que Jack convencería a mamá de traer a papá y a Stephan. Que la convencería de educarme. Que al fin tendría libros y podría nombrar las cosas, crear todas las pinturas del mundo.

Pero mi madre solo siguió cortando su pescado. Jack se alejó de la mesa. Y ahí supe que se había rendido. No pudo haber sido de otro modo, la verdad. Ella solo escucha a Konrad. Aun así, compartió parte de su juventud con Jack.

Hetty lloriqueó sobre su comida y Baldomero le pidió a Caspar que le enviaran el resto de los alimentos a su habitación, pues estar expuesto a la estupidez le causa indigestión.

Walter y Jack se miraron uno al otro. Walter, cuya mirada solía ser tan amigable y juguetona.

—Ella no debería estar aquí —dijo Jack. Pero se lo dijo a Walter.

Walter apretó los labios. Sus ojos amarillentos decían: «No».

Yo apenas pude respirar durante todo esto y mi madre no dejaba de masticar. Como no fue su vino el que se derramó, siguió bebiendo y bebiendo. Masticando cada bocado varias veces. Me daban ganas de llorar. Y, además, tenía hambre. Mi mente era como un globo elevándose hacia el cielo.

Jack lo intentó una vez más antes de irse.

—Leonora —lo dijo suavemente—, no puedes seguir con esto.

—Creo que eres tú quien no puede —respondió mi madre.

Jack se levantó y se puso su sombrero. Mi corazón quería gritar. ¿En verdad no hay nada que se pueda decir para cambiar a alguien? ¿Las palabras nunca pueden herir lo suficiente? Pero sí han herido a mi madre. Lo hemos visto. Con mi padre pisándole el estómago, gritándole que tiene la cabeza vacía, que se roba los gustos de otros.

Tenía esperanzas de que surgiera algún milagro y obviamente no fue así. Para entonces Jack ya se había puesto su sombrero. No me miró. Pero quizá su ausencia de mirada se quedó conmigo más tiempo que si lo hubiera hecho.

Hetty comenzó a sollozar con más fuerza, mamá se quejó de que era imposible disfrutar la comida en esas condiciones y se llevó a Hetty a su habitación a rastras.

Entonces quedamos Walter y yo. Siento que no debería escribir esto, porque siempre ha sido muy amable conmigo, pero él también estaba llorando.

Ferdinand llegó. No sé dónde estaba o si vio todo eso. Se sentó entre Walter y yo. Nos miró a cada uno, de un lado a otro. Y luego, frente a mi mano izquierda, que estaba contraída en un puño, colocó una piedra gris, una rosa y una plateada brillante.

Viernes

Para dar orden a nuestros días, Legrand estableció informes de sueños y dibujos automáticos. Sé, porque él lo presume, que solía ser estudiante de medicina y que trabajó en el pabellón neurológico durante la Primera Guerra Mundial. Por eso piensa que sabe cómo tratar a los soldados o a la gente que está pasando por momentos sombríos.

Legrand dice que la sociedad ha reducido nuestra vida de sueños a «paréntesis» y que para ser realmente libres (creativa y artísticamente) debemos poner más del inconsciente en la vida consciente.

Los informes de sueños se realizan bajo la palapa, en intervalos durante la mañana. Baldomero no participa porque su vida entera es un informe de sueños, pero para el resto es una hora de decirle a Legrand lo que soñaste y luego dibujar las asociaciones de los sueños que viste.

Él cuelga los dibujos automáticos en un tendedero alrededor de la palapa para que todos puedan ver quién tiene los peores sueños. Esta mañana le tocó a C. Una mujer sin cabeza con el brazo metido en un erizo de mar y una granada en el puño. Había un objeto rojo en la esquina derecha de su dibujo, pero no logré definir qué se suponía que era porque hoy al fin llovió y todos los colores se escurrieron.

Querido Stephan:

¿Te acuerdas cuando fuimos a ver a los clavadistas del peñasco la última vez que estuvimos aquí? ¿Crees que podrías lanzarte en un clavado desde tan alto?

¿Día?

Hoy fue mi madre. Al informe de sueños. Su dibujo era un bote. También había un arete. Legrand le dijo que no está explorando su subconsciente. ¿Él qué sabe? De cualquier modo, mi madre siempre está soñando.

Los habitantes del sol

Una de las más hermosas de todas las encantadoras especies de la familia cactácea es la especie casi salvaje conocida como junco espinoso, o el cactus serpiente, *Nyctocereus serpentinus*. Sus largos tentáculos crecen en densos racimos entrelazados, de modo que parecen largas y delgadas serpientes tropicales esperando pacientemente a su presa junto al sendero de la selva. Se supone que son nativos de la costa este de México y trepan por setos, paredes y barrancos, perfumando la noche con su penetrante fragancia. Los tallos, con más de dos centímetros de diámetro, crecen rectos por casi un metro y luego se doblan, como postrándose, y se extienden junto a cualquier soporte que encuentren en su camino. Las espinas son débiles y flexibles, de un blanco crema y café, con puntas más oscuras.

Jardines ancestrales

Antes de esta ceremonia, no se permitía oler las flores.

Martes

Me metí en problemas con mi informe de sueños. Legrand dice que no estoy profundizando lo suficiente. Lo que se seca en el tendedero: tres caballos sin jinete corriendo por la playa hacia una enorme copa que instaló el estadounidense, una estructura de cemento que parece una *mooncup* gigantesca, una ofrenda para la lluvia.

—No lo hubieras soñado así —comentó Legrand, refriéndose a mis papeles húmedos—. Todo esto existe. Inténtalo de nuevo —ordenó, dándome más papel, con la ropa embarrada de carbón, igual que la mía.

—Pero eso fue lo que soñé.

—Sé qué es lo que te pasa —dijo, inclinándose— y esto no es lo que soñaste.

Me mordí el labio inferior con fuerza para evitar el temblor en mi estúpida barbilla. Lo peor de Legrand es que ha estado ahí desde siempre. Sabe si fui deseada. Sabe si lo soy ahora. Lo sabe todo, lo ve todo, lo arruina todo, es la causa de la inestabilidad de mi madre, su inestabilidad es la causa por la que no nos podemos quedar en ninguna casa y la causa por la que mi padre no se pudo quedar con nosotras; él, que solo quería escribir en su estudio, y los muchos tragos por la noche.

Soñé con una garrafa llena de heces y vino tinto.

Soñé con María con la cara al revés. El cabello hasta la cintura.

Soñé con las alacenas vacías salvo por su cabello negro.

Soñé con una figura caminando con el estómago hinchado. Una capa roja en el suelo.

—Solo soñé los caballos —fue lo que le dije a Antoine Legrand.

Viernes

La puerta de mi habitación sigue siendo solo de tela. Por la ventana circular entran volando cosas que no puedo nombrar. Por la mañana, si salgo a la terraza, las ballenas blancas emergen y echan chorros de agua. Estoy pintando. Estoy pintando mucho. Estoy pintando las cosas que sí soñé.

Lunes

Más periódicos y con eso me refiero a noticias reales. Todos los alemanes están unidos en un país. Asignaron los trabajos principales al *Nationalsozialismus* y un hombre llamado Seyss-Inquart es ahora el ministro de Asuntos Internos. Mi madre pagó montones para que le trajeran noticias de Vallarta y yo dibujé los nombres de las cosas que estoy pintando, como en los antiguos collages de Konrad donde la pintura se mezclaba con los hechos.

Seyss-Inquart. Demasiadas *s* y letras extrañas, *y, i, q*. En la mesa, cuando nos mostraron el periódico, Walter pronunció el nombre en alemán y la piel se me erizó. Pese al calor.

Los judíos austriacos están lavando las calles con jirones de tela; también había una foto de esto. Hombres, mujeres e incluso niños, de rodillas, y es invierno. Las calles deben estar mojadas, o sea que deben sentir aún más frío en sus rodillas.

—Ya me lo agradecerán después —fue lo que dijo mi madre.

Tardes-más (¿es tarde?)

Mi madre fue a Puerto Vallarta como más o menos prometió, con Legrand, Baldomero y Caspar, por unos días. Le dieron la noticia de que su barco salió de Francia, pero no encontró confirmación de dónde está ahora, ni si sus pinturas y su gente llegaron, o llegarán, a Saint Augustine. Y, claro, todas las cosas que podrían salir mal de Florida hasta aquí.

Y recibimos un telegrama de mi padre: «Suiza es inamovible. Esquiar es lindo. Mucho amor para Flossy. H.».

Flossy es como él me dice, por mi cabello bobo. Ni una palabra sobre mi hermano. Para un hombre que ha construido toda su vida sobre palabras, nunca sabe qué escribir. Mi tiempo pasa entre las misivas grises de mi padre:

«Agua más azul que nunca. ¡Tremendos peces!».

«Escribiendo bien. Stephan juega rugby. ¡Mucho amor para F!».

«Considerando un animal. ¿Boyero de Berna? (¿Demasiado suizo?)».

Como no está mi madre, Hetty cuenta chismes.

—¿Sabías que a Charlotte la salvaron de la Primera Guerra Mundial en submarino? —pregunta—. Le enviaron a una nana en submarino. Es muy, muy rica.

Cuando me dijo esto, imaginé a una mujer uniformada en la proa de un barco, aunque sé que en la vida real estaría bajo el agua, pues un submarino no tiene proa. Intento imaginarme a C de niña, pero solo me veo a mí misma.

Miércoles

La gente ha estado faltando a sus citas para el informe de sueños, por lo que Legrand está revisando su Manifiesto Surrealista, otra vez.

—Intentan poner la creación en pausa, ¡pero todas las noches soñamos! —exclamó el otro día durante la cena. (Pescado)—. Y por tanto ¡debemos trabajar con todo lo que tenemos para acceder a nuestros sueños durante el día! ¡La disciplina es el complemento de una mente desbocada! ¡La mente atenta es fuego y la mente dormida es heno!

Mi padre solía decirme que Antoine Legrand es una persona insoportable y un poeta dotado, como casi todos los poetas.

«Una pluma en mano saca a la miseria de su escondite», fue algo que escribió Legrand una vez. Mi padre lo puso en su escritorio. Papá escribe y escribe, pero aún no ha publicado.

La última vez que Legrand revisó este documento, solicitó la excomunión de todos los surrealistas que no creyeran en la Acción Colectiva. Se llamaba «¡Surrealismo al servicio de la revolución!». Lo escribió en nuestra casa en París. Mi madre incluso lo dejó poner las frases clave en la pared, donde luego pusieron la frase sobre la «bazura» del director del Louvre. Cuando terminó su revisión, se ofreció una gran fiesta e hicieron una lista de los impíos. Todos los fieles están aquí.

—En el fondo solo es un niño que tiene que comprar amigos para jugar —escuché que dijo mi padre una vez.

Mi madre ya volvió y le duele la cabeza, por lo que Hetty hace las veces de secretaria de Legrand en la alberca.

—¡Ya no vivimos bajo el reinado de la lógica! —grita Legrand—. ¡Se odia a lo maravilloso! La SURREALIDAD es la realidad absoluta, ¡el único lugar para vivir!

Cuando bajé a desayunar, María estaba extendiendo masa bajo un cartel. «¡SALVE LA OMNIPOTENCIA DEL SUEÑO TERRIBLE!».

Sábado

Konrad hizo un informe de sueños que se convirtió en una pintura. Vi cómo mi madre y Legrand lo retiraban del tendedero. Y mi madre se emocionó al respecto. «Qué cosa más bella».

Cielo azul. La pared de una casa, rosa mexicano, y dos aberturas cuadradas como ventanas sin cristal. Una mano blanca saliendo de una de las ventanas, sin nudillos, con sus largos dedos rodeando una pelota roja. Desde la pelota, una cuerda que sube y baja por la pared de la casa brillante. Un insecto palo va trepando. Dos palmeras que parecen espárragos se elevan detrás de la pared. Los dedos de la mano son más como piernas.

Debajo, las frases:

No es infranqueable el camino
Cuando lo ordenas,
comienza.

El pasto está lleno de gorriones
la primera juventud se ha cerrado.

Legrand dijo que eso no debería quedarse en el tendedero. Los vi desde las escaleras; mi madre frente a la imagen como si protegiera a un niño pequeño.

—Te está humillando —dijo Legrand.

—Está creando la belleza por mí. Su mundo está lleno de belleza.

—Me temo que lo subestimas.

—Y él me ha subestimado.

Y, en mi estómago, la náusea. Sin entenderlo todo, pero entendiendo suficiente. Mi madre nunca va a convertir mi puerta en una puerta.

Y entonces tomé el caballo más pequeño. «La primera juventud se ha cerrado». Qué ridículo pedir permiso hasta para escapar. No pude ensillarlo sola. Y el peón apuntó al cielo, protestando, nombrando cosas. «Tormenta. ¡Tormenta!». Mucho mejor que nuestro *storm*.

Me sentí bien ahí, sobre la montura. El peón, contra sus propios deseos, me dibujó las indicaciones en la arena. Me advirtió de la tormenta, pero no desmonté. Mi madre, después de todo, es bien conocida aquí. Y también sus caprichos.

En el camino, llamé a gritos a los hombres heroicos. A todos los que conozco. A mi abuelo con su esmoquin negro, hundiéndose en el mar. A los austriacos que colocan periódicos bajo las rodillas de sus hijos mientras tallan las calles congeladas. Pero los héroes nunca vienen por mí. Mi hermano no protestó cuando nos dijeron que viviríamos separados. Ahora mi padre solo me ofrece cartas breves y veranos donde hay camarones. Y en verdad que fui una niña estúpida por poner mi esperanza en el estúpido de Jack.

El poni reparó y relinchó durante todo el recorrido por la selva. Se acercaba su hora de la cena y fui una tonta por sacarlo con un cielo como ese, pero ¿y qué? He pasado toda mi vida aceptando que soy delicada y ¿qué se ha ganado con eso?

Es cierto que hay un cuenco de concreto allá, construido por los indígenas como ofrenda para los gigantes, quién sabe cómo subieron al risco sobre Teopa. Subí hasta allá la última vez que vinimos con papá y Stephan (los tobillos de mi madre ya estaban demasiado débiles para las escaleras de madera). Hay una abertura arriba del cuenco para entrar a él. Stephan se metió primero, luego papá y después yo, y entonces estuvimos dentro del cuenco, y ahí no se escuchaba nada. No podía escuchar el océano, aunque estaba ahí. Era como si el cuenco me abrazara, como si nada malo pudiera pasar. Recuerdo que Stephan arruinó el silencio. Con sus cantos de escuela de varones, diciendo que no había eco. ¿Sí? ¿Lo escuchamos?

¿Qué niña no sueña con correr libremente junto al océano? Pero ni siquiera tengo el valor para echar a galopar a un caballo pequeño. La arena estaba más dura de lo normal y pensé que si comenzaba a galopar quizá ya no podría detenerlo, así que solo avanzamos lentamente por la playa hacia la enorme copa, y las olas ponían nervioso a mi caballo, igual que el viento, y no había aves en el cielo.

Si alguien hubiera estado en las terrazas de Occidente, me habría visto en Teopa, justo antes de la tormenta. Quizá si el viento soplara con suficiente fuerza, el enorme cuenco se voltearía. ¿Te imaginas al cuenco flotando por el océano, pasando junto a la gente que va huyendo de Europa, junto al barco de mamá?

Me lo imaginé rodando por encima de ellos, aplastando a los artistas contra los arrecifes, a las pinturas y a nuestro piano hundiéndose más allá de donde se encuentran los peces sin ojos. Eso fue lo que soñé. Cosas sin ojos que se hunden.

Querido Stephan, pensé, mientras los cascos del caballo se hundían en la arena, ha pasado mucho tiempo desde la última vez que reímos.

Al primer rugido de un trueno, las orejas del caballo se doblaron hacia atrás. Las nubes negras se movían detrás del océano como enormes cortinas. Al primer latigueo de un relámpago, el caballo reparó y perdí los estribos. Al segundo, se echó a correr.

Sábado

Llegué a una de las calzadas, cuyos caminos de tierra y arena se ven exactamente igual que el resto de los senderos de este lugar, sin diferencia entre la izquierda y la derecha y la oscuridad. En el cielo se veían las estrellas y el aire estaba lleno de cosas aladas en las ramas. Si no hubiera estado tan lastimada me habría asustado más. Serpientes largas y colgantes. Insectos prendidos a la piel.

Voy a admitir algo que nunca le diré a nadie. Sí vi nuestra casa. ¿Cómo pude no hacerlo, si Occidente está iluminado a todas horas, como si fuera parte de una filmación? Vi la casa azul en la cima de la colina y avancé hacia el lado contrario. Aunque caminar me lastimaba terriblemente.

El dolor se aminoraba al imaginarme el pánico del peón al ver al caballo de regreso sin jinete. Llamaría a mi madre, intentaría que alguien entendiera que no fue su culpa. Que yo insistí. Mi madre finalmente lloraría por mí, probablemente en público. Tal vez María también.

Al mismo tiempo, me avergonzaba imaginarme al caballo corriendo solo. ¡Charlotte jamás permitiría que un pequeño caballo la tirara! ¡Especialmente en la selva! Escuché los chirridos de los insectos y busqué el sonido de las semillas a punto de explotar. Una de las frutas que estallan podría alcanzarme, podría darme directo en la cabeza. La oscuridad es aún más abominable cuando no vas sobre un caballo. Y, claro, por las silenciosas serpientes.

Debo admitir otra cosa. Pese a los raspones en mi espalda y rodillas, que a veces palpitaban y me ardían, en realidad me asusté hasta que comenzó la lluvia. Me pareció que podría enfrentar cualquier cosa si no tenía frío

Querido Stephan:
¿Cuántas cartas he hecho aquí? ¡Y aún no he logrado escribir aquello que me hará valiente!

Querida Elisabeth:
¿Quisiste ser hija? ¿Quién te da esa opción?

Querida Elisabeth:
¿Acaso hay algún camino, en serio, para que sigas siendo mi amiga?

La verdad es peor que lo que he contado: me tiraron en la playa. Me tiraron y ni siquiera llevaba media hora sobre el caballo. Tirada de espaldas con el dolor recorriéndome, recordé lo que me dijo un instructor cuando era pequeña, que si un caballo repara, debo agarrarlo de la crin. Pero claro que esta información me vino a la mente cuando ya era demasiado tarde para usarla.

Desde la playa vi faroles encendidos en una cabaña, probablemente meciéndose con el viento; estaba demasiado lejos para saberlo. Era el hogar del hombre tortuga. La última vez que vinimos mamá dejó que Stephan y yo fuéramos a ver sus crías. Y aunque ahora ya no están ninguno de los que estuvieron entonces, supongo que las tortugas sí, y necesitan que el hombre las cuide. Tenemos que ayudarlas, a las tortugas, dispersas por la playa. Es horriblemente simple: nacen y pueden o no llegar al mar. El hombre tortuga nos dijo que el mar no es el depredador, que debemos cuidarlas del cielo. Que las aves son las más peligrosas. Sacudimos los brazos y gritamos para que no bajaran.

Y fue el hombre tortuga quien me encontró, con su poco inglés. Estaba adolorida, pero insistí en que no lo estaba porque me sentía muy tonta. Cuando me preguntó qué pasó, de dónde salí, escuché mi voz diciendo «señor Jack».

Me dijo que mi caballo no se fue muy lejos. Detrás de su cabaña hay pasto. El hombre tortuga dijo que volvería a casa conmigo. Yo le dije que mi casa era la del señor Jack.

Steph

Steph-Steph

El hombre que desaparece

Pude haber preguntado si recordaba la primera mermelada. O recordarle que la hicimos de jitomates, los que nosotros cultivamos.

¿Te acuerdas de cómo ayudamos a papá a atar las ramas del árbol de jitomates y el aroma a albahaca y sol? Usamos las medias viejas de mamá y una estaca. Mamá dijo que nada logra crecer en Inglaterra, pero esos jitomates sí.

La mermelada no salió bien. El olor tampoco. A mamá no le gusta desperdiciar, así que tuvimos que comerla en el desayuno y la cena durante un tiempo. El color era festivo, pero no me gustaban las semillas. Parecían pequeños animales blanquecinos mirando hacia abajo.

No sé si fue el sabor o el hecho de que muchos de los jitomates sí tenían plaga, probablemente fue eso, probablemente fue que mamá tuvo razón sobre la cosecha, pero mi padre real le untó la mermelada en el cabello esa noche y ella pensó que era una broma. Luego se volvió una prueba. Ella lo soportaba, ¿sabes?, simplemente lo soportaba, aunque los demás le decían a papá que parara.

—¡L'nora! —gritaba él, citando a su poeta favorito mientras untaba—. ¡En copas de oro recoge sus lamentos!

Sábado

Todo estaba un poco borroso entre mi dolor de cabeza y la tormenta, pero recuerdo (¡sé que lo recuerdo!) que Jack no se sorprendió al vernos en su puerta. Hablaron en español, él y el hombre tortuga. Me gusta imaginarme que Jack preguntó si estaba herida. Me miraron una y otra vez, como considerando su decisión. Debieron haber decidido que no.

El trueno seguía rugiendo y el rayo relampagueó. La propiedad estaba rodeada por una cerca: gruesas ramas clavadas en vertical y travesaños blancos como fantasmas. Las hojas se agitaban y las ramas también, listas para saciarse.

Creo que Jack invitó al hombre tortuga a quedarse, pero no me parece que el hombre tortuga haya tenido tiempo para pensarlo. Con ayuda de Jack, que sí necesité, desmonté, pero el hombre tortuga estaba teniendo problemas para mantener quieto a su caballo asustado. Detrás de la cabaña de Jack, sus propios caballos estaban haciendo escándalo y eso provocaba que los nuestros repararan. Las cosas se estaban saliendo de control para el pobre hombre que me ayudó; su caballo hacía semicírculos desesperados, buscando hacia dónde huir. El hombre tortuga lo echó a andar con un grito y se alejó de nosotros tan rápidamente que los cascos del caballo apenas tocaban el camino.

—Primero vamos a acomodar a tu caballo —dijo Jack, dirigiéndose a mi montura, la cual estaba deteniendo. Señaló hacia la cabaña—. Espérame adentro. —Miré con culpa hacia el caballo—. Solo entra —dijo.

La casa de Jack no tiene el estilo de Costalegre. La mayoría de las casas de aquí son de colores pastel; la de él es blanca con techo de metal. Y pequeña. Pero con mucho terreno detrás, que es casi pura maleza, o sabana, que es como se llama.

Pude escuchar a su ganado bramando, el sonido como de algo que araña un piso vacío de un lado a otro. Y los cascos de los caballos como un ejército. Ya había oído que los caballos gritan, pero nunca lo había atestiguado. El sonido era muy femenino. No puedo describirlo. Apenas pude abrir la puerta principal de tanto que me temblaban las manos.

Sintiéndome como una impostora, esperé el regreso de Jack. La puerta se cerró al arreciar el viento. Como no me habían invitado, no me sentía con derecho a observar lo ordenadas o no que tenía sus cosas, así que miré fijamente hacia el suelo de tierra de la entrada e intenté no pensar en nada. Pero eso no funcionó porque sin algo en lo cual poner mis ojos, comencé a sentir las múltiples humillaciones que me llevaron a casa de Jack, así que la única distracción al odio que sentía por mí misma fue mirar sus cosas.

Junto a la pared frente a mí estaba una extraña mesa hecha de lo que en algún momento debió ser un tronco. Tenía una forma rara; quizá era una escultura, pues sin duda cualquier objeto que se pusiera en ella se caería. De hecho, las linternas estaban a un lado, apagadas, sobre el suelo. Jack se había llevado con él la única encendida.

Desde donde estaba parada, parecía que la cabaña era una sola habitación, aunque vi una cortina en una esquina, meciéndose hacia dentro, indicando que había algo más detrás de ella. De seguro había una ventana abierta, pero yo no iba a hacer nada por cerrarla, no iba a hacer nada a menos que me lo ordenaran.

Por el muro de la entrada no podía ver el resto del lugar y no me atreví a intentarlo. Me quedé esperando ahí, sola, en su casa, mientras Jack tenía que apaciguar a un caballo que yo casi perdí; sentí cada milímetro de las molestias que había causado. Y también la fuerza de mi caída, que me dejó con el cuerpo helado.

Jack volvió y sacudió su abrigo, que estaba chorreando. En su ausencia, la lluvia se convirtió en algo aterrador, gotas duras como manzanas frescas azotando contra el techo. No podía escuchar a los caballos, tampoco a las vacas. Detrás de mí, alcancé a sentir la mesita inclinándose hacia un lado.

Jack colgó su sombrero en un gancho arriba de mí.

—No te quedes junto a la puerta —dijo, tomando la linterna que estaba a un lado a la mesa de forma extraña. Fue hacia la otra habitación y lo escuché cerrar los postigos con fuerza. Esos sonidos, al menos, eran cosas que yo conocía. En Occidente he visto a mamá empujando los postigos con el hombro para cerrarlos.

—¿Me ayudas? —preguntó. No podía verlo por la oscuridad. Seguí sus sonidos y después mis ojos se acostumbraron. Una estufa de leña en la esquina, una pila de madera a su derecha, una cama estrecha contra la pared. El sonido y luego el olor cuando Jack encendió otra linterna.

—Solo jálalos para cerrarlos y ponles el pestillo. ¿Has cerrado ventanas alguna vez?

Mis mejillas ardieron mientras intentaba cerrar las que tenía más cerca con lo poco que podía ver. Estaban pesadas y con la madera hinchada, así que no logré que se sellaran. Aún con el pestillo puesto, la lluvia rebotaba y salpicaba, bañando el <u>alfeizar</u> con enormes gotas. La lluvia hacía tanto ruido que Jack tenía que gritarme sus preguntas y no me gustó que lo hiciera.

Con las ventanas lo más cerradas posible, la cabaña quedó inmersa en una nueva oscuridad, una más quieta, salvo por el amarillo de las velas que Jack había encendido. Arriba de una mesita había un candelero de hierro y la mesa tenía la posición más extraña. O más bien, el candelero. Pero cuando Jack encendió todas las velas, entendí por qué lo acomodó así. En todas las mesas había cuadernos de recortes, no, de dibujo, con hermosas cubiertas de cuero. Algunos enormes, con las páginas abiertas, algunos tirados encima de otros, como si durmieran. Intenté no mirar, claro, pero alcancé a ver paisajes, modernos, como los hacen los artistas, con más sentimientos que realidad. Rojos y blancos y árboles sin hojas en sus ramas. No eran imágenes felices, y me sentí aún peor al respecto porque no se suponía que yo los viera. En el aire había un olor como de algo húmedo y fermentado.

—Necesitaremos fuego. Ahí está todo. —Jack señaló con la cabeza hacia un punto detrás de él—. ¿Sabes cómo encenderlo?

Ya no tenía caso mentir.

—No.

—No tengo empleados, ¿sabes?

—Lo sé.

Jack me miró por primera vez. A los ojos, quiero decir.

—¿Estás herida?

Negué con la cabeza. Pero también me mordí el labio. Porque sí estaba herida, bastante.

—¿Te tiró el viento? Qué suerte que estabas en la playa. Hubiera sido mucho peor en la tierra. ¿Sabes qué debes evitar al cabalgar? —preguntó.

Una vez más, negué con la cabeza.

—No sabes. —Fue hacia la estufa. Se hincó, tomó un montón de paja y aserrín para el fuego—. Hasta una hija de Leonora debería saber que no hay que montar hacia donde se está formando una tormenta. Me sorprende que hayas llegado hasta la playa. Pusiste en peligro al señor Teyo, ¿sabes? —Sacudió la cabeza y le echó más yesca al fuego—. Me das la impresión de ser alguien que pasa al menos una parte de su tiempo pensando en los otros más que en sí misma. ¿Me equivoco?

—No, señor —respondí—. No.

—¿Ya comiste? Claro que no. No me respondas. No habrías salido con el estómago lleno. Solo alguien con hambre haría algo tan

164

tonto. Solo tengo estofado de conejo. —Puso una pesada cazuela sobre la estufa—. Y unas tortillas. Vino que apenas se puede tomar. Eso es lo que más extraño. Aquí todo llega avinagrado debido al calor. Toma un poco de agua —dijo, hundiendo un cucharón en la olla junto a la estufa—. Para el susto.

La taza estaba tibia y lo agradecí. Podía sentir el frío hasta los huesos. Sentía que, si me dejaran sola, me echaría a temblar como un cachorrito recién nacido, sin pelo. Mi humillación era lo único que me calentaba.

—Ten —agregó Jack, quebrando algo en un empaque de aluminio que estaba en una repisa sobre la estufa—. Chocolate. Probablemente te bajó el azúcar.

Acepté el trozo con gratitud. Sabía amargo y un poco cálido, como si comiera tierra fresca.

Jack soltó un potente suspiro, perdiendo estatura al exhalar. Se hincó de nuevo, para seguir luchando por encender el fuego, y de nuevo sentí el peso de la carga que estaba siendo. Él no es un hombre acostumbrado a tener compañía y ahora teníamos que hablar.

—Apuesto a que perderé algunas vacas —dijo, con tono forzado, lo cual me alegró. Habría sido mucho peor pasar la tormenta en silencio—. ¿Sabías que se acuestan? Con las barrigas hacia el este y el lomo hacia el oeste. Los caballos también lo hacen. Puedes saber qué clima se avecina gracias a ellos, con días y días de anticipación. Pero esas vacas... cae un rayo y las alcanza a todas. Sales a la mañana siguiente y siguen tendidas. Hasta que te acercas sabes si están asustadas o muertas.

Se puso de pie. El fuego al fin se había encendido. Jack cerró la portezuela y la habitación perdió un poco de luz. Miré hacia su cama y él lo notó.

—Adelante —dijo—. Siéntate. Caerse nunca es agradable.

En realidad no quería hacerlo; me hacía sentir más inútil. Al otro lado de su cama estaba una mesa, cerca de una de las ventanas cerradas, pero solo tenía una silla. Jack se sentó en ella y yo me senté en la cama, porque ¿qué más podía hacer? Lo observé quitándose las botas.

—¿Leonora sabe que te fuiste?

Negué con la cabeza. Aún no había escuchado mi propia voz diciendo gran cosa y me daba miedo intentarlo.

—Bueno —comentó, con sus enormes manos sobre la mesa—. Pronto lo sabrá.

—Dudo que le importe —logré decir, mirando la danza del fuego.

—Sí le importará —dijo Jack, mirando las llamas también—. Cuando los demás se den cuenta.

Esto me partió el corazón. Era cierto, pero pensé que él podría decir algo más generoso.

Volvió a levantarse, tomó una botella sin etiqueta de la repisa con un líquido amarillo adentro.

—Normalmente no le ofrecería tequila a una jovencita —aclaró, tomando dos tazas de peltre—. Pero estás temblando. Podría darte una camiseta. —Se quedó sosteniendo las tazas por un momento—. Probablemente debería hacerlo. Aunque no están muy limpias.

—No, no —dije, sofocándome al imaginarme a lo que olería su camisa—. Estoy bien.

—Entonces, tequila —dijo mientras servía las dos tazas, y no mucho para mí—. Tómatelo a traguitos.

Rodeé la taza con las manos. Saber que me miraba me hizo temblar más. Primero olfateé el líquido, que olía a silla de montar y a lata vieja. El sabor no era mucho mejor, terrible y repugnante, como si te obligaran a beberte una botella de perfume rancio. Su color era el de la manzanilla vieja con toda una vida dentro de ella.

—¿Mejor? —me preguntó.

Y me reí. No podía creer que me reía. El sonido me hizo darme cuenta de que la lluvia había amainado.

—¿Escuchas eso? —preguntó Jack, mirando hacia el cielo—. ¿Ese silencio? Nunca es bueno. ¿Conoces los oráculos? ¿Los de los caballos?

—Creo que sí —mentí.

—Hipomancia. ¿Sabes de qué hablo? Mis caballos sabían de la tormenta desde hace días. Y el tuyo también. —Sacudió la cabeza—. Qué estupidez más tremenda —dijo aún sacudiendo la cabeza—. Casi me siento impresionado. Pero sí habías escuchado al respecto, ¿no? ¿Sobre los oráculos? ¿Los caballos? —Tomó un poco de su tequila—. ¿Un caballo recorre el campo con la cabeza gacha sin razón aparente? —Levantó los hombros en algo que pudo ser un gesto de desdén o un intento por recuperar calor; su cuerpo estaba tenso, aunque él estaba relajado—. La vida de un vecino terminará. ¿Su cola está esponjada y hay algo desprolijo en su apariencia? Lloverá en unos cuantos días. Los celtas solían dejarle las preguntas sobre la guerra a sus caballos blancos. Eran tipos bastante astutos. Dibujaban una línea donde comenzaría la guerra y hacían que un caballo blanco la cruzara. Si el animal la cruzaba con la pata izquierda, cancelaban la batalla.

Estas historias me parecieron aterradoras. Pude imaginarme al caballo blanco en el campo de batalla. Y a los hombres armados, conteniendo la respiración.

Jack aparentaba estar mirando por la ventana, aunque estaba cerrada.

—La guerra llegará a nuestros países —dijo—. Ya tienes edad suficiente para saberlo.

Bebí lo que pude del trago que me había dado.

—Te lo digo porque no sé qué desmán inventará Leonora. ¿Quién piensa en poner un museo en este momento?

—No le aceptaron las pinturas —comenté, pues la bebida me había dado valor.

—¿Quiénes?

—Los del Louvre.

Los ojos de Jack se abrieron de par en par.

—¿Es en serio?

—Le dijeron que estaba comerciando con basura.

Jack soltó un aullido y levantó su taza.

—¡Qué gran halago! —Se puso de pie y brindó conmigo—. ¡Por la basura! Varias obras mías están entre esas. Qué honor. —Estaba sonriendo para sí mismo—. Rechazado por el Louvre. ¡Como debe ser! ¡No estamos creando el arte de los muertos! Estás compartiendo casa con algunos de los más grandes imbéciles del siglo, pero al menos su arte está vivo.

—¿O sea que sí le gustan? —me atreví a preguntar.

—Puedes odiar a un hombre y aun así respetar su obra. De hecho, no creo que pudiera tolerar el trabajo de un hombre que realmente me agradara. La única excepción, quizá, sea Walter. Aunque él es caricaturista. Muy sardónico.

—Él no está bien —dije.

—Y no debería estarlo. Ninguno de nosotros deberíamos estarlo. Tendríamos que estar preocupados y deberíamos sentir culpa y deberíamos estar muy asustados. Pero a tu madre le parece que todo eso es inferior. —Bebió un poco más—. O más bien, es completamente insensible a eso. La hicieron con un material distinto. Uno no puede evitar preguntarse si algo... —Se detuvo—. Perdón. Discúlpame. Te pido perdón por decir estas cosas.

Por un lado, quería escuchar más, pero por otro no quería escuchar nada. Claro que he oído lo que se decía, que mi madre es tonta, que la insensatez corre en la familia, que mi propia bisabuela solo hablaba con sonsonetes, que su esposo prefirió matarse de un tiro que escucharla canturrear. Jack siguió bebiendo, sin ganas, a diferencia de los chiflados de mi madre, pero probablemente lo hacía porque yo no le platicaba nada. No sabía qué hacer. He probado vino durante algunas comidas, claro, pero nada como el tequila, esa cosa densa y herbosa que te recorre cual serpiente. Cuando la vergüenza comenzó a despejarse, tuve que pausar para observarlo todo, la locura de las últimas horas. Se conquistó una enorme playa a caballo, conmigo bajo las estrellas y sin aliento. Y ahora, una conversación sin que nadie me corrigiera. Y sin que nadie más escuchara.

—¿Puedo preguntarle algo? —dije, más nerviosa por nuestro silencio que por la idea de que mi voz pudiera quebrarse.

—Puedes —respondió Jack—, pero podría elegir no responderte.

—Charlotte lo llamó *Heinrich*. En la alberca. El otro día.

—Qué observadora. Bien podríamos hacerte artista ya.

Sí, querido diario, me ruboricé.

—Heinrich —dijo, levantándose para servir el estofado. Lo probó y lo echó en dos tazones—. Lo siento. —Me dio un tazón grueso, rodeado por una servilleta grasienta—. Solo tengo esta silla. ¿Te sientas a la mesa?

—Estoy bien —respondí, mirando hacia mi izquierda—. La chimenea. —Esperaba que por mi expresión entendiera que necesitaba el calor.

Me observó por un momento. Como no sabía qué más hacer, comí.

—Heinrich —siguió, tras un poco más de tequila y estofado—. Era algo que hacíamos todos después de la guerra. —Se rascó la nuca, incómodo, temí—. Mi amigo más cercano, Helmut, se convirtió en John. Y Grosz eligió George, de lo cual me burlé. ¡George!

No tenía idea de por qué se estaba riendo, pero yo también me reí un poco.

—Eran tan parecidos uno y otro, ¿para qué cambiarlo? Pero a mí me gustó cómo sonaba Jack. En Alemania todos querían ponernos en contra de Inglaterra. Pero los ingleses adoraban nuestro arte. En ese tiempo hacíamos cosas, muchos de nosotros, una especie de rebelión a la que llamamos *Dadá*. Lo cual significa... —Jack se detuvo, revolviendo su comida—. Bueno, en realidad no significa nada —dijo, resoplando por la nariz—. Y ese era el punto, ¿sabes?, «histeria controlada». —El recuerdo lo hizo sonreír—. Los alemanes querían «paisajes inofensivos». Incluso hicieron un decreto al respecto, y se convirtió en una regla. Cambiar nuestros nombres fue una forma de defender lo que hacíamos. ¡O eso creímos! Y luego pasas tanto tiempo llamándote de cierta forma hasta que se convierte en tu nombre. —Volvió a su comida.

Yo también comí un poco más, con el estómago lleno de nervios por todo lo que podría preguntar.

—¿Es verdad que conoció al Führer? —fue la pregunta que elegí, con la cuchara a medio camino hacia mi boca.

—Por Dios —exclamó Jack—. Claro. Era un llorón miserable. Pero solíamos divertirnos mucho con él, haciéndolo enojar. Helmut hacía collages sobre sus horribles paisajes. Ponía el recorte de una vaca muerta en uno de sus campos o pintaba figuras que estaban, bueno, digamos que estaban «haciendo lo suyo» bajo un bonito árbol. Una vez, Schlechty, así le decíamos, es la palabra en alemán para algo malo, no lo notó hasta que lo calificaron: una botella de vino caída, pintada cerca de un bosque. Era hermoso, en realidad. Ese Helmut era un tonto maravilloso.

Jack sonrió hacia su taza como si el tal Helmut estuviera adentro, nadando para salir de ahí.

—Nos divertimos por un tiempo —continuó Jack—. Fue hermoso. Y luego lo hizo. El amargado Schlechty. Declaró un veto sobre el modernismo en el Reich. Ni siquiera podías hacer alegorías. ¡Bromeábamos diciendo que sería una desgracia para los medievalistas! —La sonrisa de Jack ahora se veía terrible—. Dios sabe dónde estará ahora Helmut. O los otros. Helmut saltó de un balcón cuando los nacionalsocialistas tomaron el poder. Y se fue caminando a Checoslovaquia. Así es —dijo al ver mi expresión—. Caminando. —Volvió a mirar su taza y deseé que pudiera tenerlo todo. Deseé que recuperara a sus amigos y sus dibujos extraños—. Y yo terminé en Costalegre. Y ahora ha comenzado de nuevo. —Se mordió un poco el pulgar. Me miró—. Lo siento —dijo, frunciendo el ceño—. No sé de qué hablar con... niñas.

Quise protestar y decirle que no soy una niña, pero hay tantas formas en la que se podría demostrar lo contrario, y si las decía, probablemente yo terminaría llorando.

—¿Ahora yo puedo preguntarte algo? —dijo Jack.

—Sí. —Me preparé.

—¿Sabes que si no quieres estar aquí puedes decir algo? Puedes simplemente decir algo. Se sabe de algunas ocasiones en las que Leonora ha cambiado de parecer.

—¿Decir qué? —No me gustó que mi madre saliera a tema esa noche—. No es como si pudiéramos irnos a casa.

—¿A cuál casa? —respondió—. No necesita ser en Europa, pero este no es lugar para una señorita.

—Mi madre quería que estuviera con ella, ¿sabe? —dije con más fuerza de lo planeado—. En serio —insistí, viendo que él no iba a responder nada—. Me trajo a mí en vez de a Stephan. Yo... Ella me eligió. —Mi voz vaciló y lo disimulé tosiendo—. Ella no es... no es como dice la gente. Mi madre... cree que puede ser importante. Mi arte.

Dejé que la frase se quedara ahí. ¿Se elevaría o se desplomaría? Pero pasó algo peor: flotó, sin rumbo, rechazada, hasta perderse en la oscuridad.

Jack cruzó las manos sobre su pierna. Estaba pensando en sus palabras y eso me hizo sentir peor.

—¿Tu hermano pinta?

—Podría, pero no.

—¿Quieres decir que es bueno?

—Sin duda podría serlo. Pero no le interesa.

—Qué listo. ¿Qué sí le interesa?

—Oh, los deportes. Subir montañas. Esquiar en ellas. Y probablemente algún día entrará a la banca.

—Ya veo. Bueno, ¡alguien tiene que mantener a flote el barco del arte!

—¿En verdad cree que podría hundirse?

—Lo veo poco probable —dijo Jack, dando un trago a su bebida, lo que me hizo darme cuenta de que yo ya había dejado de notar cómo se sentía la mía—. No creo que vaya a llegar hasta acá. Ni siquiera llega el correo ¿y tu madre cree que su colección va a llegar sana y salva? Siempre ha pensado lo mejor de las personas, y eso es encantador, a su manera. En realidad, es muy encantador. No quiero que pienses lo contrario. Me agrada mucho tu madre. Solo creo que es egoísta contigo al arrastrarte con ella a todas partes.

—¿Qué va a saber usted sobre eso? —solté—. ¡Usted no tiene!

—¿No tengo qué?

—¡Hijos!

—Es cierto —dijo Jack con expresión divertida—. No tengo.

—Entonces ¿¡qué va a saber!? —grité porque parecía estar a punto de reírse y yo no iba a soportar que se riera.

—Aparentemente, no mucho. —Su voz era diferente y distante. Al parecer logré fastidiarlo—. Lo siento —dijo, levantándose—. Te dejaré dormir. —Recogió su plato y su taza, y se acercó para tomar los míos.

—No he terminado.

—Ya no queda nada.

—¡Cabalgaré de vuelta!

—¡Ja! —Se rio—. Dame tu plato, ¿de acuerdo? Y creo que también el resto de tu tequila.

—¿Por qué no tiene familia? —insistí, aún aferrada al plato.

—Ah —dijo Jack, tomando mi plato y mi tequila—. ¿Qué tanto quieres saber sobre la vida?

Puso los platos en el fregadero y echó el agua de un tazón sucio sobre ellos con un cucharón. El sonido fue como un golpeteo tibio, y noté que la tormenta había amainado aún más. Entre el encierro y el silencio sentí como si estuviéramos viajando por toda Costalegre en un enorme dirigible.

—Sé un poco.

—Tuve una mujer, pero me dejó por una mujer. ¿Sabías eso?

Comenzó a secar los platos con vehemencia mientras yo intentaba controlar la expresión en mi rostro.

—No la puedo culpar —continuó Jack, secando—. Si yo fuera mujer, tampoco querría un hombre. Ahí tienes —dijo, al ver que no le respondería nada—. ¿Estás satisfecha? ¿Alguna otra pregunta?

—¿En verdad no me dejará ir? —No quise decirlo así y él lo notó, por lo que suavizó un poco su tono.

—Nadie irá a ninguna parte —anunció, y de nuevo sonaba como un caballero—. Esto es solo el ojo de la tormenta; arreciará de nuevo en cualquier momento. Tú dormirás ahí. —Señaló hacia la cama junto a la pequeña estufa—. Yo dormiré en mi estudio. Atrás hay una letrina. Primero revisa que no haya serpientes. —Se rio—. En cuanto amanezca, si a mi caballo no lo partió un rayo, te llevaré a tu casa.

Me quedé ahí con las manos entrelazadas como un niño, porque sin mi bebida y mi plato, no tenía nada más a lo cual aferrarme.

Jack lavó los platos que quedaban. Los secó. No me ofrecí a ayudar.

—¿Sabe? —dije desesperada de pronto por otra oportunidad—. Mi madre no siempre es terrible.

—Lara —respondió dejando lo que hacía—. Lo sé.

Si hiciera arte al estilo de Jack, haría paisajes.

La torre de Baldomero sería blanco y negro, como una mazorca sobre el mar.

Los cuadrados de tela de algodón estarían colgados dentro de aros de alambre de púas, desteñidos por el sol.

Quizá no solo serían pinturas. Podría hacer la huella de un casco de caballo en la arena y adentro mil medusas vivas que la hicieran brillar.

El clima sería drástico. Un soldado saldría de la nieve.

¿O el interior de nuestro barco del arte? Desde el punto de vista de una sirena. No el interior sino el casco.

¿Cuánta agua se necesitaría para mover un piano encallado?

Domingo

Aquella noche, justo esa, Jack entró a la habitación detrás de la cortina. Más tarde pensé en lo oscuro que debió haber estado, pues me dejó a mí todas las linternas; ni siquiera quedaba la fogata. Qué curioso saber que un espacio está ahí, siendo habitado por alguien, sin conocer el lugar. No quería quedarme dormida, pero la lluvia había bajado hasta convertirse en un arrullo, y me dormí.

Me desperté al alba, pero la cortina bordada que dividía nuestras áreas estaba cerrada. Salí tan silenciosamente como pude y me dirigí a la letrina. Para ese punto las serpientes no me importaban tanto como mi necesidad.

Mientras me acomodaba, escuché gritos detrás de la cerca. Palabras fuertes en español. «Estúpidos», otra vez.

Salí de la letrina y me alejé un poco para que no pareciera que venía de ahí. El cielo se había puesto rosa y la niebla cubría la maleza. Pude ver los caballos sueltos, relinchando y sacudiendo las cabezas mientras corrían en círculos, para luego detenerse y, con gesto vanidoso, hundir las narices en el pasto. También había vacas como sombras oscuras en la esquina. Y pude ver a Jack en medio de todo, ondeando una traílla hacia los animales que no iban hacia donde él quería.

Volví a la casa a hurtadillas. Tendí mi pequeña cama. Miré detrás de mí; era difícil calcular cuánto tiempo estaría Jack allá afuera, pero pensé que escucharía la puerta cerrarse cuando terminara. Decidí mirar detrás de la cortina que separaba nuestras camas.

Lo que vi fue un estudio, una especie de estudio-invernadero: enormes bloques de piedra al centro y trozos y trozos de madera. Estaba haciendo esculturas con ellos, pero no en formas que yo conociera. No parecían representar nada obvio, círculos y cubos enormes.

Y al lado, en una mesa, un trozo de madera con una figura que parecía saltar hacia fuera. Una figura suave y arqueada, como un ave, pero sin ninguno de los detalles de un ave: ni plumas ni pico, ni siquiera la silueta de las alas. Me hizo pensar en el momento previo en el que una garza emprende el vuelo. Son criaturas muy extrañas, «prehistóricas», decía mi padre. Había algunas en Inglaterra; yo las consideraba mías. Tenías que caminar en silencio, porque si no se iban volando. Pero ese instante antes de que volaran era así, paulatino, como si en el último momento fueran a tomar la decisión de quedarse.

Estaba haciendo algo que no debía, pero las formas me dieron paz. En todos los lugares a los que mi madre me obligó a entrar, nunca vi tal quietud ni piedras tan grandes. Además, hay algo muy viejo y sabio en ellas, en la madera y en las piedras.

Detrás de la figura que saltaba y de las otras esculturas talladas había dos secciones más del estudio, una inmaculada y vacía, y la segunda llena de troncos y objetos de piedra por aquí y por allá. Una cabeza sin rostro sobre un bloque gris. Un huevo del tamaño de una roca. Poleas colgando del techo y un candelabro roto. Un comedero de madera lleno de cinceles y un hacha.

De ahí salía el aroma. Era olor a piedra siendo forjada hasta convertirse en algo más. Había un sarape sobre un bloque de piedra donde Jack debió haber pasado la noche. He conocido a muchos de los artistas de mi madre, pero nunca a un escultor. Observé la inmensidad de las cosas que fueron y ya no eran.

—¿Té?

Me di la vuelta. Y me llené de vergüenza.

—Perdón. No sabía si...

—Sí sabías —dijo Jack, pasando junto a mí para abrir la cortina cerrada—. Te vi zigzagueando allá afuera.

Ni me molesté en negarlo.

—Pensé... No sabía. Pensé que era pintor.

—Intenta sacar pinturas en este paisaje infernal. Con la escultura se pasa el tiempo.

—Pero todos dicen... —tartamudeé. Jack estaba muy cerca de mí, y tuve la sensación, o la certeza, a decir verdad, de que la tormenta había pasado, así que ya no había razón para que yo siguiera ahí—. Todos dicen que usted no había estado trabajando.

—Es un trabajo distinto.

Se dio la vuelta y eché un último vistazo a través de los agujeros decorativos de las cortinas.

—Son tan... hermosas —dije sin saber exactamente qué quería preguntarle—. ¿Es... es muy difícil?

—Lo es. —Jack fue a encargarse de la estufa, que estaba a fuego bajo porque no se me ocurrió echarle más leña—. Es imposible. Y justo ahí está su sentido. ¿Té? Me cuesta una fortuna traer el té hasta acá, así que no hay que tomar demasiado.

—Oh, no. Estoy bien.

—Era broma. Más o menos. Uno debe mantener cierto sentido del decoro. Desayuno como un caballero. O lo intento.

—Lo siento mucho —dije volteando hacia su estudio—, por el lugar en el que tuvo que dormir.

—No te preocupes. Me dio la oportunidad de sentirme caballeroso. Pongamos a hervir el agua. Y bien, viste mis esculturas. ¿Les vas a decir a los demás lo que estoy haciendo?

—No lo haré. —Y, por supuesto, eso era verdad. Soy buena para mantener las mentiras.

—Te van a preguntar.

—Les diré lo que usted quiera.

—No valen la pena —dijo tras un silencio—. Se necesitan bueyes para moverlas y no voy a pasar por eso de nuevo. Se quedarán toda su vida aquí, enormes e inadvertidas. —Jack se rio, complacido por sus propias palabras—. La obra más dadá que he hecho.

—En verdad creo que son hermosas. —Esto sonó tonto; no era todo lo que me hicieron sentir. Lo que vi en París, en las ciudades, en Occidente; todo era escandaloso y estridente, solo evocaba las partes hórridas de la vida. Pero la suavidad de sus esculturas, todo tan redondeado, sin orillas angulosas, calmó algo dentro de mí. Eran pacíficas. Me pareció que contenían alegría.

—Son puras —dije avergonzada por lo simple de la palabra. Pero él asintió.

—Esa es la meta que tenía en mente, de modo que me has hecho un gran halago.

Sirvió el té en las mismas tazas de antes.

—Creo que sí será mejor que les confirmes que soy un vaquero. —La taza ardía en mi palma; el peltre estaba demasiado caliente. Lo planteó de otra forma—. Trabajo mejor cuando la gente piensa que no estoy trabajando.

—Pero ¿puedo volver? —le pregunté antes de siquiera pensarlo. Mi rostro, como puedes imaginarte, se puso rojo de inmediato.

—Mi pobre niña, ¿para qué?

—¿Para ver en qué se convertirán?

Esta pregunta provocó algo en su rostro. No sé cómo describirlo. Fue como cuando mi padre bajaba las escaleras en la casa de piedra tras haber arreglado algo en su texto que llevaba días agobiándolo. Al día siguiente ya había pasado, pero por su paso ligero en los escalones y el brillo en sus ojos podíamos saber que, por un momento, todo sería brillante y posible, y estaría totalmente bien.

Recuerdos favoritos:

Solo he visto una fotografía de esto, pero soy una bebé y me están cargando; estoy con papá, Stephan y mamá, riendo de una manera tan hermosa, y la casa, hubo tantas, la casa completamente blanca.

Palabras divertidas:

la papelería
la bufanda

Domingo, el mismo

En la cabalgata de vuelta a Occidente el cielo estaba azul y, salvo por las ramas por aquí y por allá en el camino (¡varias de las cuales brinqué!), la naturaleza había dejado detrás a la tormenta. El aire tenía un aroma limpio y fresco, no húmedo y estancado como suele ser. El mundo realmente olía a vivo.

En el camino, me permití imaginarme cómo nos veíamos, «Heinrich» Klinger y yo, trotando hacia la entrada. Hetty quedaría impactada, lo sabía, y hasta mamá se impresionaría. Correría hacia mí escandalosamente, quizá hasta lloraría. Me abrazarían contra muchos pechos y me darían palmaditas. Alivio. ¡Alivio para todos!

La casa estaba hecha un desastre cuando llegamos. En el camino de entrada había una silla de bambú y en el suelo estaban tiradas unas hojas de palma con las puntas amarillentas. Una silueta corrió por el patio de arriba. Una voz femenina gritó desde el otro extremo de la casa. Sentí que algo perdido al fin me había sido devuelto. Jack vería la angustia que causé. «¡Se lo dije!», pensé. «¡Me extrañaron!».

Me preocupó que con el alboroto no se escuchara nuestra llegada, pero mamá salió corriendo con uno de sus camisones africanos, de los que usa cuando aún no sabe qué quiere ponerse. Traía puesto un gorro de aviador, pero no estaba maquillada aún. Habían pasado años desde la última vez que le vi los labios tan descoloridos.

—¡Ay, Dios! —gritó, corriendo hacia nosotros, lo cual hizo que los caballos se sobresaltaran—. ¡Te enteraste! ¡Qué maravilla! ¡Nos ayudarás!

—Buenos días para usted también, señora —dijo Jack, jalando las riendas.

—¡Qué encantador verlos juntos! Lara, ¡te ves maravillosa en ese caballo! ¿Inquieté a los animales? Por Dios, ¡estoy tan aliviada! —Se acercó a mí, poniendo una mano en el cuello del caballo y su mejilla contra mi pierna. Controlé el impulso de acariciar su gorrito con la mano.

—¡Eduardito! —clamó, levantando la cabeza con esfuerzo—. ¡Eduardo! ¿Le damos agua a tu caballo y luego salimos? ¡Alivio al fin! Ven, ven, Jack, déjame agarrar tu caballo. ¡O intentarlo! Eduardo saldrá en cualquier momento; comerás algo. Veamos si puedo agarrarlos a los dos. Lara, el tuyo está un poco... ah, ahí está, ¡qué maravilla! ¡Aún montas tan bien! ¡Y qué sonrosada estás! ¿No es adorable? ¡Si tan solo hubiera tiempo para disfrutar esto! Jack, querido, ¿aún eres bueno para seguir rastros? Pensábamos empezar aquí detrás, en la entrada de ese bosque horrible. ¿Qué debería ponerme para buscarlo? Imagino que habrá toda clase de espinas.

—Leonora —dijo Jack, mirándola—, ¿podrías hacer aunque sea el más mínimo esfuerzo por decir algo que tenga sentido? Prefiero que mis conversaciones sean cuerdas a estas horas.

—¡Es que Baldomero <u>desapareció</u>! —gritó mi madre—. ¡Se lo llevó la tormenta! ¡Podría estar en cualquier parte! ¡No hay forma de saberlo! Es terrible. Simplemente horrible. ¡Qué tal si no vuelve!

—Leonora...

—¡Fue por su mono! ¡Fue a buscar a su mono! Obviamente se llevó a Caspar. Esto fue antes del almuerzo de ayer. ¡Y sabes que Baldomero <u>nunca</u> se pierde el almuerzo! ¡Dios mío! ¡Ya casi ha pasado un día! —Apretó su cabeza contra mi pantorrilla y el corazón se me quebró. Debí haberme quedado en esa playa mojada. Debí dejar que llegaran los buitres.

—Leonora, por el amor de Dios, ¡te traje de regreso a tu hija!

—¡Y fue muy amable de tu parte ir por ella! Eres el único que sabe...

—¡Madre! —grité. Y luego arruiné todas las cosas buenas que Jack pudo haber intentado pensar de mí. Desmonté. Mal. Y me fui corriendo a la casa.

Palabras estúpidas:

inútil
quizá
Stephan
ARTISTA
¡la selva debió llevarme A MÍ!

Así se veía la escultura que emergía de la madera.

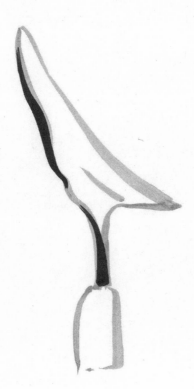

Esta noche mientras estoy en la cama esperando las voces pienso que podría ser marsopa tanto como ave.

Domingo, ¡NOCHE!

Dime si hay algo peor, algo más horrible, que la inhabilidad total para maquinar cosas. Todas estas incompetencias demuestran que no puedo escapar a caballo sola. No hablo español, no sé adónde ir. Y a cualquier lugar que pudiera ir, necesitaría que mi mamá pagara. No tengo ni la menor idea de cómo encontrar un medio de transporte en este país horroroso, y mi padre y Stephan están a leguas, al otro lado del océano, y la guerra viene por ellos, y no hay un lugar, ¡ni un solo lugar seguro al que pueda ir!

Es horrible ser una joven y no saber nada más que, ¿qué? ¿¡Cómo hacer una pintura!? Y ni siquiera vale la pena ahogarme, ¡pues mi madre ni lo notaría! ¡Odio todo esto! ¡Odio este estúpido mundo!

¡Y ni siquiera tengo dónde llorar! Corrí a mi cuarto, puse el colchón contra la entrada, y esa estúpida, estúpida cortina ondeaba con el viento y se atoraba en mi colchón circular. ¡Ni siquiera puedo tener una puerta! La terraza es lo único privado que tengo, ese pequeño espacio con el que no sé qué hacer porque está hirviendo. Si supiera hablar el idioma de aquí, podría pedir un barco. Pero ¿qué clase de barco? ¿Para ir adónde? Y no puedo viajar sola, no realmente. ¡Qué maldición es ser una chica!

Salí al balcón furiosa y lloriqueando; el sol estaba imposible para los ojos. Si saltara desde ahí, ¿alguien lo notaría? En verdad el océano es la única salida, porque al menos sé que me ahogaría, pues ¡nunca me enseñaron ni una sola cosa útil en este mundo!

Durante un rato pude escuchar a todos gritando allá abajo. No me gritaban a mí: solo gritaban. Mi madre y Jack estaban discutiendo, o él discutía con alguien más. Sabes, tampoco puedo confiar en él. Debo decirte que sí quiero hacerlo. Pero ya no soy una niña, aunque él quiera que mi madre piense que lo soy. Antes de él ha habido otros. Personas que pensaron en mí, pero mejor. C por ejemplo, quien le rompe el corazón a mi madre con su obvio talento y su cuerpo. Creo que algunas veces lo intentó, o al menos me pareció que lo intentaba, pero eso siempre termina en conmoción, vulnerabilidad y puertas cerradas con rabia. A nadie en este mundo le importa nada más que sí mismo, especialmente a estos artistas, los más famosos, los más estúpidos, los peores de todo el mundo.

Y sé que <u>Elisabeth</u> no está sufriendo como yo, esté donde esté. Debería ser huérfana; ¡al menos así estaría en la escuela! Al menos así la gente se aseguraría de que estuviera en la cama por las noches, ¡al menos eso! En vez de esto, que es la nada infinita, nunca hay un lugar para mí. Si tuviera puerta la cerraría por décadas y me echaría en la cama a llorar. Las aves vendrían a traerme trozos de pescado del mar azul. Me iría volando en un pájaro enorme. O sería clavadista en el peñasco como los que vimos la última vez que estuvimos aquí... Vaya trabajo. Siempre estoy sola y nunca estoy sola, ¡y no hay nada que pueda hacer!

Ojalá el barco se hunda, ojalá se incendie, es lo único que hay. Si estuviera aquí le prendería fuego, tiraría las pinturas al mar. Hundiría esa horrenda colección y entonces ¿qué haría mi madre? No le quedaría nada qué exaltar, presumir y llevar por el mundo, y quizá entonces estaría lo suficientemente vacía para, al fin, portarse como madre conmigo.

Popocatépetl y la mujer dormida

En otra leyenda que Magda solía contarme, un gran guerrero se enamoró de una hermosa joven. Popocatépetl era el guerrero e Iztaccíhuatl la princesa. Vivían en el valle del pueblo y el aire estaba lleno de flores.

Pero un día sus vecinos del sur decidieron declararles la guerra. Popocat tuvo que ir, porque era un guerrero, e Izta lo entendió. Acordaron casarse a su regreso.

Pero en el pueblo había otro guerrero que sentía celos de su amor. Aun cuando la batalla del sur iba bien para los valientes guerreros, el celoso envió un mensaje falso a Izta donde le avisaba que su Popocat había muerto.

Pese al amor que le tenía su padre y la preocupación del pueblo, Izta dejó de comer y de beber, hasta morir por la tristeza en su corazón.

Cuando Popocat regresó victorioso a su pueblo y se enteró de la pérdida de su amada, les pidió a los habitantes del pueblo que lo ayudaran a construir una tumba abierta para Izta en lo alto de las colinas. Popocatépetl se acercó a Iztaccíhuatl y la cubrió con una capa, y luego se sentó junto a ella con una antorcha enorme y humeante, decidido a vigilar el sueño eterno de su amada.

Pasaron años. Después siglos. Popocat acompañó a Izta por tanto tiempo que él también murió. La nieve los cubrió a ambos y las colinas crecieron y crecieron hasta que sus trágicos cuerpos se convirtieron en montañas: la de Izta tendida, durmiendo, y la de Popocat alta y vigilante.

Magda conoció estas montañas y decía que, muy de vez en cuando, la montaña de Popocat arde y humea por la rabia. Tiembla, lanza fuego y hace que todo el valle se sacuda, y así es como sabes que él sigue lleno de furia y pesar.

Del prólogo de *Plantas mexicanas para jardines estadounidenses*, 1935

Para satisfacer la demanda actual de información acerca de plantas nuevas e interesantes, viveristas de renombre han explorado los rincones más lejanos de la tierra. Pero, por raro que parezca, en todas sus búsquedas de datos nuevos y desconocidos, los cazadores de plantas apenas han tocado los tesoros florales del vasto continente norteamericano. Hasta los últimos años es cuando los jardineros descubrieron las plantas que realmente valen la pena.

¿Qué día? *(What day?)*

Nada que decir y nada que pintar. Pensé que él vendría por mí y obviamente no lo ha hecho.

¿Por qué vendría por mí?

Tenía esperanzas en Stephan y alguna vez tuve a Elisabeth, pero ahora no sé qué querer.

Vigilar a alguien que ya está muerto es más que leal, es romántico. Si está muerto, es amor de verdad. La única cosa más romántica es algo que me dijo Hetty en una de esas noches en que se siente poderosa, o vengativa, esa es la palabra. Que después de lo de Viena, cuando mamá viajó por primera vez a Costalegre, todos fueron a desayunar a la casita rosa y encontraron un caballo adentro. Que el caballo tenía una sábana brillante con calados verdes y rosas, y flores en la crin, y un hombre de blanco lo estaba agarrando para que no se fuera. Konrad le había comprado un caballo a C para que pudiera montar.

¿Qué le pasó? ¿Qué le pasó al caballo?

—No lo sé —dijo Hetty, repatingándose—. Creo que lo vendieron.

Querido Stephan:

A papá le alegrará saber que Baldomero lleva tres días desaparecido. Al principio, pensaron que había sido una de sus tretas. Que quizá desapareció para elevar sus precios, pero nadie va a comprar pinturas si hay guerra, o sea que eso no tiene sentido.

199

Nuestra madre reunió a todos, incluyendo a los peones del establo principal. Todos nos dispersamos, aunque yo iba con Hetty porque (¡no te conté esto!) últimamente he estado un poco perdida y, claro, todos estaban intentando evitar que me perdiera de nuevo. Así que caminamos lo más derecho posible, pues la idea era que en algún momento alguno de nosotros los encontraría. (Caspar salió con Baldomero el día en que desaparecieron. Baldo estaba muy ansioso por encontrar un mono para convertirlo en su mascota. A decir verdad, me enteré por Hetty que los kinkajúes ni siquiera son monos; de hecho, son osos pequeños, pero supongo que eso no hace ninguna diferencia porque no encontramos ninguno).

La sospecha general es que Baldomero se fue por su propio pie, la mayoría opina esto, salvo por Walter, mi madre y Hetty, quienes están convencidos de que lo secuestraron y que pronto vendrán por el resto de nosotros. Walter cree que fueron los alemanes, pero ya sabes que no se ha sentido bien. Creo que mamá tiene razón al decir que los alemanes están profundamente ocupados en otros asuntos en este momento y nadie sabe con exactitud dónde estamos. Aunque tú sí lo sabes. Pero ¡es diferente saberlo a intentar llegar hasta aquí!

No sé qué pensar. Para serte sincera, creo que a Baldomero sí le gustaba Costalegre y, sin duda, no sabe cómo hacer nada por sí mismo. Me parece posible que Caspar haya hecho algo terrible. Nadie está bien aquí. Es por no saber y por el calor que hace aquí, y la luz que siempre es la misma. Hay algo escalofriante en tener demasiado sol.

¿Quizá vendió a Baldomero? Lo merecería, pues ha sido horrible con todos los que trabajan aquí y los huéspedes en la casa. O quizá encontraron al pequeño oso, salvo que no era pequeño. Solo he visto unas cuantas, pero, aparentemente, hay toda clase de criaturas en la selva, incluyendo las brujas esas con los pies volteados. ¿Te acuerdas cuando Magda nos contaba esas historias de miedo? Una vez lloraste al escucharlas, aunque te apuesto a que tú no lo recuerdas así.

Como sea, hay una fuerte atmósfera de intriga y preocupación. Y, ahora sí, la gente está trabajando menos y siendo más amable. ¿Puedes creer, por ejemplo, que sembré algo con nuestra mamá? Semillas de limón, de hecho. Y la idea fue de ella; no sé si puedas plantar un limonero usando solo semillas de limón, pero eso hicimos, y ni siquiera junto a la alberca. Fue en un sitio más privado para que los árboles sean solo nuestros. En serio fue su idea.

Además, he estado pintando mucho y con colores más extraños porque se nos está acabando la pintura. Ferdinand encontró una mora que puedes triturar hasta convertirla en un polvo de color. Es difícil trabajar con eso, pero tenemos el tiempo. Probablemente vaya con él a cosechar más y ya identificaremos otras cosas. Hay colores de semillas y cosas que no puedes conseguir con ninguna de las pinturas que tienen los artistas, así que la verdad es muy especial. Creo que sería lindo usarlas en mis dibujos: o sea, que la mayor parte de la imagen sea papel y carboncillo, y de pronto apareciera un toque de algo con pintura de mora.

Como sea, la casa se ha sentido mejor sin Baldomero. María, la cocinera, está absolutamente feliz. Creo que a ella la trataba peor que a nadie. Ahora ha vuelto a cantar todo el día. En serio, es un ambiente alegre y si recibes esto (esta vez intentaré que mamá se lo pida como se debe a José Luis), deberías considerarlo no como una invitación, sino como una súplica: ¡creo que deberías venir! Sin duda en este momento del año te vendría bien cambiar de clima, ¿verdad? Y no hemos sabido nada aún, pero quién sabe qué estará pasando con la guerra en estos momentos. Estoy segura de que se está mucho más alegre y tranquilo aquí que en Europa. ¡Aún no tenemos noticias del barco de mamá!

Con cariño,
(y dile a papá que lo quiero)
Lara

Miércoles

Siguen los informes de sueños. Digo (casi) toda la verdad porque soy orgullosa. Sé que, lejos de ellos, Jack sigue haciendo figuras silenciosas. Creen que ellos son los artistas, pero yo sé lo que otros no.

Le dije a Legrand que soñé con un estudio lleno de madera y piedra caliza. Que pude sentir el cincel ennegrecido en mi mano. La figura dorada e inclinada de la marsopa, subiendo, subiendo hasta irse. Dibujé una criatura dorada lanzándose al mar, toda suavidad y posibilidades, tan ligera como los ctenóforos que me enseñó Jack, con los depredadores detrás. Pero a la marsopa nunca la atrapan porque puede alejarse de ellos de un salto, puede alejarse por encima del agua, como si volara.

A Legrand le conmovió mucho escuchar que mi delfín no tenía aletas.

—Te estás acercando más a la verdad de esto —dijo.

Viernes

Baldomero y Caspar llevan seis días desaparecidos. Mamá ha enviado a José Luis a Zapata una y otra vez, y pronto irá a Vallarta para dar aviso a la embajada. Legrand se rio de esto, diciendo que los rebeldes españoles no van a querer a un surrealista de regreso durante una guerra civil.

Ferdinand comenzó a apilar piedras afuera de la cortina de su habitación. Una idea que no se me había ocurrido.

Domingo

C está de malas. Terminó el primer borrador de su manuscrito y quiere ir a Puerto Vallarta para que lo mecanografíen. Quiere ir ella misma. No confía en que otra persona se lleve todas sus páginas. Pero necesitará quedarse unos días en Vallarta y José Luis no puede acompañarla, mamá lo necesita en Costalegre, así que no hay solución. C dice que quiere su novela en papel más grueso porque siempre se está volando.

Ha vuelto a sus caminatas. Yo la acompaño cuando me lo permite e intento hablar de otras cosas, pero no es tonta y hablamos de Jack. Ya sabe dónde estuve esa noche; todos están de acuerdo en que fue algo caballeroso y para nada típico de él. La gente me pregunta qué vi adentro de su casa y yo respondo que no sé bien. Que había una habitación cerrada. Que solo vi cuadernos de dibujo.

Le pregunté a C sobre los cuadernos. Dije que vi más de los que vi en realidad para que ella pudiera hablarme como si yo supiera cosas y luego solo tuve que usar mi mente para imaginarme qué más pude haber visto.

—Probablemente viste los viejos —dijo, con voz cansada. La verdad es que, con la insistencia de Legrand, no hemos dormido lo suficiente—. Los que hizo en la guerra. Aunque no creerías cómo empezó. Esto fue antes de todo, antes de que yo lo conociera siquiera. Su obra era realista. Casi bucólica, ¿sabes? Tal como el Führer quería.

Pateó una piedra para quitarla del camino con su bota suave.

—Reclutaron personas para pintar a las Potencias Centrales. De Alemania y Austria-Hungría, todos los mejores. Pero cuando llegaron todos los artistas, les dijeron que no podían pintar cuerpos. Que debían pintar «valor». Que debían pintar «determinación». Entonces Heinrich comenzó a hacer árboles —dijo—. Árboles como cuerpos ardiendo. Cuando volvió del frente, el gobierno alemán no pudo mostrar las pinturas. Eran demasiado horribles. Y esa fue una de las cosas que lo metieron en problemas.

Me dieron ganas de verlas. Ver todas las pinturas. Mi corazón se echó a pensar que solo vi la más ínfima parte de todo lo que Jack ha hecho. Aunque sea cierto que han visto cosas, los chiflados de mamá son tan quejumbrosos que es difícil creer que han sufrido. Pero con Jack es diferente. En esto es como Konrad. Si hay dolor, no habla.

—Él no fue el único al que relevaron de su cargo —dijo C pateando una ramita—. La mayoría de las pinturas fueron confiscadas, las suyas y las de los otros artistas de la guerra. Probablemente las quemaron. Quizá eso fue lo que terminó de romperlo.

—¿Romperlo cómo?

Me miró como si mi inocencia ocupara todo el espacio entre nosotras.

—Ya no cree en hacer arte.

—No creo que eso sea verdad —dije sin pensarlo.

C apretó los labios.

—Le importas, qué curioso —dijo arrancando un brote cerrado de un árbol.

Martes

Normalmente solo pinto interiores de casas. Pero estoy intentando hacerlo con exteriores. Los limones que bajó del árbol la pequeña cabra y su sangre en el suelo blanco. El ahuehuete en el campo de polo al que los caballos le dan la vuelta trotando. El exterior de la cabaña de Jack, con una puesta de sol que es mitad tormenta. Pienso en las cosas dentro de su cuaderno de dibujo, el que no vi.

También estoy pintando porque Jack no ha venido. Imagino que está trabajando en sus esculturas, prediciendo el clima con las colas de sus caballos. Estoy segura de que, si intentara volver a su casa, todo se arruinaría. Me escucharía preguntando si puedo pasar, pero no diría que sí. Hay tanto en el silencio. Si no vuelvo puedo hacer que Jack Klinger sea cualquier cosa.

Querida Lara:
Te encontré a Magda. Comenzarás tus clases por la mañana.

Querida Lara:
Contacté a tu padre. Está bien pero arrepentido. Konrad tiene que ir al museo y tu hermano va a volver.

Lara, mi amor:
Yo también pondría flores brillantes en la crin de un caballo.

Lara:

Sé que tu madre tiene buenas intenciones porque me dijo que es verdad.

Lara:

Vi el barco con el arte. Llegará pronto.

Lara:

¡Qué vergüenza carecer de imaginación para evocar las palabras correctas! ¡Te diré lo que siempre serás: intrascendente!

POTOS FLAVUS

De acuerdo con otro de los libros de Hetty, los kinkajúes tienen colas prensiles con las que pueden trepar si el otro extremo de la cola se encuentra bien estabilizado. Duermen todo el día y despiertan justo cuando los padres están durmiendo a sus hijos.

Jueves

No es exactamente una confirmación, pero se le dio dinero a un guardia costero de Puerto Vallarta, quien dijo que un hombre con la descripción de Caspar abordó el barco de vapor mexicano en un viaje sin regreso a California. Mi madre fue quien pagó y José Luis fue al muelle. No se vio a ningún pasajero con capa o bigote extraño ni monos en el brazo, esa fue la información que consiguió. Konrad dijo que Baldomero probablemente se disfrazó de Caspar y mi madre lo rebatió señalando que nunca había visto a Baldo tan inspirado como aquí, a lo cual mi nuevo padre respondió con un: «Tus impresiones son tuyas».

A Baldomero le encantan las tretas. A Baldomero le encantan los disfraces.

—Pero dejó todos sus lienzos —dijo mi madre—, incluso su peine favorito.

Nadie quiere pensar en lo que esto significa, pero yo lo pienso por las noches.

Ayer un ave voló hacia mi ventana y murió, aunque no tiene cristal.

Calaway Jeune

(Calaway, très jeune!)

Temporada inaugural, ¿Navidad? ¡¡Arte infantil!!

Principal: Los dibujos del pequeño Lucian, tan llenos de promesas, ¡y la relación con Sigmund los atraerá a todos!

Segundo: La hermosa hija sudafricana... ¿Tessa? ¿Anna? El poeta. ¿Esposa?

Tercero: ¿? Sin duda Legrand conoce a algún niño maravilloso.

Necesario: Lo de Lara. Los de la mujer lactando son bastante buenos.

Calaway... ¿Nueva York?

Sábado

¡Creo que mi madre debería ser más <u>juiciosa</u> con sus notas!

Lucian Freud fue mi compañero cuando aún tenía permitido ir a clases y deben saber que ¡una vez le sacó un ojo a un gato de una pedrada!

Y Anna Campbell solo le interesa a mi madre por su bonito acento y su padre guapo que es COMUNISTA, debo añadir, y en otra vida, en otra vida mejor, mis pinturas serán realmente necesarias.

¿Día?

Soy lo suficientemente inteligente para saber que Jack no ha preguntado por mí y si hay algo que he aprendido de observar a mi madre es que cuando no te quieren, no preguntan por ti.

A pesar de eso, lo soñé esculpiendo, y no debería emocionarme (he visto esculturas), pero sí lo hice. A él no le importamos y eso enfurece a mi madre, pero yo me permitiré creer que sí le importo. ¿Qué más puedo hacer?

De cualquier modo, se siente bien pintar para él. Estoy segura de que es lo que hubiera querido. Definitivamente parece una persona que valora el trabajo artístico en vez de a los artistas que se ponen papaya triturada en los pezones y lanzan la campana de la criada a la alberca. Como sea, aunque yo quisiera hacer una insensatez (lo cual no quiero), Hetty estableció un sistema en el que tienes que pedirle permiso cada vez que vayas a salir de la casa.

Así que, aunque intentara ir de nuevo con Jack (lo cual no haré), Hetty insistiría en acompañarme, y si lo hiciera, vería su trabajo, y aunque él quiso hacerme creer que le da igual que los demás sepan que está esculpiendo, creo que sí le importaría.

Cuando estás haciendo algo hermoso, deben dejarte en paz. Es una postura que a mi madre le parece ridícula, pero a Konrad y a C no. ¿Sabías, querido diario, que mamá también quería ir a la escuela? En sus noches de tragos me ha contado lo mucho que anhelaba tener amigos. También sé que cada mes mi madre le da ochocientos cincuenta francos a Hetty. Me dice cosas y se le olvida que me las dijo, y cuando le recuerdo las peores, dice que soy una «encantadora molestia».

He visto el caos, pero nunca había vivido uno como este. María se niega a volver a Occidente porque encontró una «Mariposa de la Muerte» en la cocina, y mi madre perdió la paciencia y dijo que, si María les tiene tanto miedo a las polillas, quizá debería limpiar mejor y, sin Baldomero, ya no hay nadie que entienda qué le respondió en español. C habla un poco, pero está en trance por su libro.

Sin embargo, me siento ligera, aun entre todo el desastre. Me siento tranquila y pequeña, y un poco encantada, como si pronto fuera a llegar alguien para mostrarme qué debo hacer. Mientras tanto, pinto, dibujo, y creo que estoy mejorando. Pienso en las esculturas que vi en el cuarto lleno de luz de Jack, en la criatura que huía en un salto de su propio pedazo de leña. En los trozos de piedra descartados y el lugar donde durmió «Heinrich».

Aunque aquí nada llega como debería, creo que quizá un día, cuando esté lejos y estudiando en un lugar agradable, podría escribirle cartas a Jack, o quizá enviarle dibujos; él no tendría que responder. ¿No sería maravilloso? Jack bajo su techo, aquí, observando mis avances, mientras yo estoy adonde quiera que me haya ido.

Además, tengo un secreto, y a veces (dependiendo del secreto) eso me da paz. Yo también vi la polilla. Querido diario: era hermosa, con un rostro en su enorme cuerpo, café y amarillo, como una pequeña cabeza de mono. Siento que eligió a María y también eligió mi habitación, y me gusta imaginarme que luego se fue con Jack y le dijo «es hora de salvarlas», y que dentro de algunas noches llegará un auto de verdad, o quizá un barco y luego un carro, y entonces tendré algunas de mis cosas porque ya debe estar claro hasta para mi madre que no puedes poner un museo en un país donde los pumas aúllan.

Sábado

Walter ya no está. Tampoco Ferdinand. El viento mueve la cortina de su habitación y no hay nadie adentro.

Hetty está histérica. Walter dejó todo su equipo de falsificaciones y no puede volver sin él. Mi madre dice que claro que puede, que ya nos trajo a todos hasta aquí y ¿cuánto equipo necesitas, realmente, para hacer dibujitos? No sé cómo puede tomarlo a broma. Esto es algo por lo que papá siempre le gritaba, porque cree que todo es muy gracioso. Pero también le encantaba la manera en que mi madre ve las cosas; dependía del estado de ánimo de mi padre. Decía que con mi madre las palabras pierden sentido, que es imposible hablar con ella. Decía que la emocionaba todo y no la conmovía nada. Anoche, durante la cena, Konrad le dijo a Hetty que mi madre no es lo suficientemente inteligente para sentir miedo, que es como cohabitar con una res, y mi madre dijo que Konrad perdió su sentido del humor en el campo de concentración.

—¿Qué se puede hacer? —preguntó ella, cuando Konrad se levantó de la mesa y se fue, demasiado cansado para discutir. Mi madre dijo que podría estar paranoica o ser indiferente, pero que ninguna de esas actitudes le traería noticias de su barco, así que, si elegía divertirse con el hecho de que sus huéspedes prefirieron vivir en la selva a su compañía, la dejaran en paz.

—Pero, Leonora —dijo Hetty—, ¿y si vienen por nosotros? ¿Y si vienen por Lara?

—Hasta los bárbaros pueden ser razonables —respondió mi madre—. Hay poco que no se pueda negociar con buena comida y vino limpio.

—Pero el vino de aquí es terrible —masculló Legrand.

—Mi querido e ingrato camarada —dijo mi madre con una sonrisa—. Quizá tú serás el siguiente.

~~Mi~~ *Chère* diario:

No hay nada que hacer, así que te contaré algo más. El día que volví a Occidente con Jack, sí enviaron a un grupo de búsqueda. Claro que eso terminó en fiesta, como siempre. Pinté y pinté, haciendo berrinche en mi torre, pero bien hecho, porque estaba segura de que Jack iría a ver cómo estaba y al mirar lo que estaba pintando, entendería.

No fue. Pasaron las horas. Tenía ganas de gritar. ¿En verdad soy tan aburrida que no desperté la curiosidad de nadie? Pude haber dejado que llegara la noche, pero no creo que hubiera sobrevivido. Así que tomé uno de mis dibujos nuevos, no de los que a mamá le parecen tan inocentes. Este era una escena debajo del mar: medusas y anémonas jugando a la casita. Estaba muy bien dibujado y era un poco extraño, y «extraño» casi siempre significa mejor. Como sea, lo tomé, salí sin que nadie me viera y lo puse en el morral que iba colgado del elegante caballo de Jack. El corazón me latía con fuerza y todo estaba iluminado por las linternas, y el sonido de los artistas riendo se sentía a la vez lejano y feliz; de nuevo había calma, ya sabes.

De camino a mi habitación me armé de valor y fui a la palapa para darles las buenas noches a todos, que no es algo que suela hacer, y de lo que mi madre hizo hincapié. Jack sí me miró cuando lo dije, ya sabes, de esa forma en que sientes que lanzaron algo directamente hacia ti, como si estuvieras al otro lado de una línea recta.

De vuelta en mi cuarto, esperé... alguna especie de... acontecimiento. Al final me quedé dormida. Sí hubo alguien en la puerta en cierto momento. Pero era otra persona.

Sábado, todavía sábado

Había una vez un gigante que puso una copa de cemento para que los otros dioses bebieran de ella, y bebieron, hasta que ya no quedó más agua en el mar.

Había una vez una mujer con el corazón roto que ahogó a sus hijos en el río para darle una lección al hombre que la abandonó, y eso no lo hizo volver con ella y todos sus hijos estaban muertos.

En una de sus cabalgatas, C vio una formación de piedras que demostraba que Ferdinand sigue aquí. Pero yo ya había visto antes esas rocas. Las vi las otras veces que tuve que ir sola a Teopa, cada una de ellas colocada cuidadosamente en cierto punto de la arena.

No creo que se esté escondiendo.

Las historias para niños son las más tristes de todas.

Lunes

Fuimos por Jack el día después de que C fue a buscar a Ferdinand porque vio las rocas. Decidí decirle que yo ya las había visto antes de que él desapareciera, y como había puesto muchas esperanzas en que esas piedras eran una prueba, C decidió que Ferdinand en verdad debe haber muerto, que se ahogó o que estaría en una de las cuevas de por aquí, y como Jack conoce tan bien las mareas, podríamos confiar en que él elegiría el momento correcto para entrar a las cuevas.

Te diré algo. C me pidió que viniera. Creo que es realmente perceptiva, y que una parte de ella lo entiende. Ni siquiera lo puso como pregunta, solo dijo: «Vamos por Jack» y, querido diario, me sentí como toda una mujer y hasta monté bien, de tan complacida que estaba por saber adónde íbamos y por tener un lugar al cual ir.

La casa de Jack estaba limpia y muy ordenada; se te olvida lo bien arreglado que puede estar algo cuando vives con gente que no es así. Ya habían recogido y quemado las ramas caídas. Puedo entender muy bien la ordenada simetría de una vida que se vive a solas.

No es que quiera vivir con él. Eso quiero escribirlo. Porque sé que no soy útil. No para cosas importantes y nunca seré fuerte. Es que hay algo en Jack que me hace sentir que puedo quedarme quieta por un tiempo. Que él me dirá algo y será verdad, que seguirá viviendo en su casita día tras día bajo el sol, cuidando a los animales, tallando piedra y madera y escuchando a la gente. Creo que nadie me ha tenido en cuenta. O quizá quiero decir que nadie ha pensado en mí. Ni siquiera mi hermano, que prefiere un alegre juego de fuerza con sus compañeros que escribirme una carta. Solo soy la hija de Leonora, la que tiene que ir a todos lados, la más atractiva de sus hijos. La idea de que alguien piense en mí en privado, que piense en cómo podría ser más feliz, me llena de esa emoción como la que despiertan los cumpleaños, pero también de una enorme pena. Porque los cumpleaños nunca son como esperas que sean.

Lunes, más tarde

Tomamos té y C vio los cuadernos de Jack. Hablaron como hablan las personas que saben cosas una de la otra, y no escribiré sobre eso.

Pero Jack no dejó que C hablara tanto como ella hubiera querido. ¿Te das cuenta? Puedes ver que él notó que yo llevaba un tiempo en silencio.

Quizá un día mi horrible madre encontrará mi diario y le dirá a Legrand y a todos que soy una *amoureuse*. Los surrealistas creen que la pasión es importante, que las pesadillas son importantes. Pero no valoran la simpleza, que es como yo suelo ver al amor. Esta cosa paciente, tensa y silenciosa que es dejar en paz al otro.

¿Mencioné que la mujer se llama La Llorona y que se lleva a los hijos de otras personas para reemplazar a los que mató, pero luego también a ellos los ahoga?

Qué interesante, ¿no? Los chiflados valoran mucho a los niños. Pero mi madre es la única que tiene hijos.

Miércoles... creo

Encantado por las desapariciones, Legrand se puso a trabajar de nuevo en su Manifiesto Surrealista:

La posibilidad es una tortura que no tortura al hombre que sueña. Vas adonde tu mente ordena. ¡El fuego no acepta retrasos! Quema lo que no amas, ama lo que te llevarás. Todo está a tu disposición, todos los caminos al mismo tiempo. Tu esencia es inevitable, al igual que sus deseos.

Probablemente él mató a los otros. Los mató junto con mi madre. No sería imposible, especialmente porque él cree que nada lo es.

Martes

Algo más. La otra noche, durante la cena, Legrand anunció que sentía el impulso de pintar. Algo clásico, un desnudo. «De Flossy», bromeó, y estábamos comiendo camarones. Legrand los mastica con todo y piel, por cierto.

¿Día?

He intentado fingir, pero no tiene caso, especialmente porque nos iremos pronto. Jack sí encontró el dibujo que le dejé en su morral. Se lo pregunté en la entrada de la cueva cuando fuimos a buscar a Ferdinand. ~~C entró con el hombre tortuga, que fue a ayudar y temo~~

Estábamos esperando al hombre tortuga, a quien Jack le pidió que nos ayudara, y C estaba buscando un lugar mejor para atar a los caballos porque ni en los acantilados de Teopa hay sombra.

Jack no dijo nada, aunque estábamos solos. Y eso me hizo sentir mal. Cuando la gente no dice nada es porque tiene algo que decir. La verdad, pensé que C volvería y seguiríamos en silencio. Y luego él dijo la verdad.

—Encontré tu pintura, Lara.

—¿Ah, sí? —dije como si se hubiera metido ahí sola.

—Te diré algo —comentó y normalmente alguien jugaría con una rebaba o algo, pero él me miró directo a los ojos—. Eres buena dibujante, pero puede que no seas una artista. Sabes que con Leonora... tendrías que ser la mejor.

La garganta estaba a punto de estallarme en llamas por mis esfuerzos para no llorar. ¿Qué clase de persona habla así, sin suavizar sus palabras? Si C no hubiera estado tan cerca, creo que habría gritado. No sabes lo que es tener que responder a algo horrible cuando no hay nada que puedas decir.

—Solo deja que sea un placer. Permite que sea algo especial, haz todo lo que quieras. Pero no lo hagas por ella.

—Lo puse ahí para <u>usted</u> —dije demasiado rápido, y obviamente me puse del color de los nombres de frutas que he aprendido—. Pensé que era un caballero.

—Nunca me habían acusado de algo así —respondió—. Prométemelo, Lara. Tienes el alma y el corazón para hacerlo, pero estás pintando para tu madre.

—Por supuesto que no.

—Escucha. —Tenía los codos sobre las rodillas—. ¿Has intentado escribir?

—Creo que mejor iré a ayudar a Charlotte —dije, levantándome.

Y entonces tocó mi mano. O la tomó, no lo sé, fue algo repentino, como encontrar algo en tu cama cuando mueves el brazo mientras duermes. Como algo que podrías haber soñado. Como algo maravilloso que te pasó y que necesitas conservar contigo al despertar. Y ahí estaba otra vez la línea, con él en un extremo. Y yo al otro. Y luego se acabó y mi mano estaba sola de nuevo y C venía de regreso.

—Lara —dijo y mi nombre abrió muchas puertas. Mis ojos estaban completamente llenos—. Tienes que irte.

—Qué gran ayuda de su parte —solté, incapaz de devolverle la mirada. Su insistencia en que nos fuéramos cuando quería escuchar exactamente lo contrario me enfureció y quién sabe dónde estaba Ferdinand y el sol quemaba con fuerza—. Mi madre no se irá, lo sabe —continué, avergonzada porque él no dijo nada y mi voz fue demasiado fuerte—. No sin su barco.

—Ese barco —dijo Jack— no va a llegar.

—Y, entonces, ¿adónde quiere que nos vayamos? —pregunté, dándome la vuelta.

—Podrías ir a California.

¿Acaso no es una estupidez desear cosas? ¿No es lo peor tener esperanzas? ¿No es lo peor ser alguien que llora frente a la gente cuando ya tiene quince largos años de vida?

—Entonces ¿no cree que soy interesante? —solté, como una tonta.

—Quizá me importas lo suficiente como para no arruinarte la vida.

Dime, querido diario, ¿qué debo pensar de eso? Permití que él me importara. Puedo ir a California y fingir que yo también importo, pero entenderás, claro, que nada de eso importaría porque me he encariñado con el único artista al que mi madre no controla.

Flor ligera y hermosa. Estúpida ave en el firmamento. Me hicieron frágil y la mayoría de la gente desearía ver si me romperé.

¿Puedes amar a alguien haciéndolo sentir que lo odias? Claro que puedes. La hermana de mi madre aventó a sus tres hijos desde un techo, pero no lo cuenta. ¿Acaso es verdad? En esas noches terribles papá gritaba y gritaba: «¿Acaso es verdad, L'nora, acaso es verdad?». Es lo único de lo que mamá no habla. Y con eso se sabe que es verdad.

Desearía ser una sirena. Desearía poder nadar. Desearía poder gritar hasta que mis poros se convirtieran en tentáculos para jalar con ellos a todas las personas y hundirlas conmigo hasta que la vida volviera a ser suave. Y luego saldría a la playa y sería humana. Y sabría adónde ir.

Nota de la autora

Mientras planeaba la portada de este libro, puristas bien intencionados señalaron que no hay, que nunca ha habido, tigres en México. *Costalegre* es un libro donde se enfrentan la realidad y la ficción. En este México hay muchos tigres.

El inicio de la Segunda Guerra Mundial es el marco histórico de esta novela, que está llena de personajes ficticios inspirados en los artistas que fueron sus contrapartes de la vida real, algunos de los cuales sí vivieron y trabajaron en 1937, otros no.

Investigué como una loca para este proyecto, hasta que algunas de las experiencias que leí se convirtieron en parte de mi creación. Es un testimonio de la personalidad de la coleccionista de arte estadounidense Peggy Guggenheim y los artistas a los que apoyó, muchos de los cuales decidieron documentar el tiempo que pasaron creando (y promoviendo) obras bajo su cobijo, así fue como pasé un año fascinante entre las memorias de escritores como Leonora Carrington, Djuna Barnes, André Bretón y la misma Peggy Guggenheim, buscando información sobre la vida de la difunta hija de Peggy, Pegeen Vail Guggenheim.

Cambié los nombres de casi todos los artistas en este libro, excepto el de Ferdinand Cheval. Su palacio de piedra realmente existe en Hauterives, Francia, así como la placa que se tradujo al español en la página 30: *En créant ce rocher, j'ai voulu prouver ce que peut la volonté.*

La Peggy Guggenheim de la vida real toleró los amoríos de sus muchos esposos y amantes con otras artistas de su círculo social. Tan es así, que una noche de 1932 despertó a mitad de un coctel (tras haberse quedado dormida porque la conversación la aburrió) para encontrar a su amante favorito, el escritor británico famoso por su improductividad, John Ferrar Holms, jugueteando lascivamente con el cabello recién lavado de Djuna Barnes. En su autobiografía, *Out of this century*, Peggy recuerda con orgullo cómo reprendió a John por sus coqueteos: «Si te paras, el dólar caerá», una invaluable ocurrencia que se reprodujo en la página 47.

Las artistas más famosas de este periodo trabajaron con ahínco para alcanzar cierto perfil: eran indecentes, provocativas y tremendamente creativas tanto en sus obras como en sus palabras. Pero la lucha por su independencia económica y creativa no siempre significó que estuvieran igual de abiertas al arte de la sororidad. Otra réplica que refleja el frágil estado de la amistad entre artistas mujeres en este tiempo aparece en la página 65, cuando C felicita a Hetty porque su «compañía es maravillosa cuando está enferma». Esto está basado en algo que Peggy Guggenheim recuerda que le dijo Djuna Barnes a la aspirante a escritora y obsesiva de los diarios, Emily Coleman, en quien está basado el personaje de Hetty: «Serías una compañía maravillosa si estuvieras ligeramente aturdida».

El libro *Plantas mexicanas para jardines estadounidenses*, del geógrafo y botánico Cecile Hulse Matschat, fue un tabique de 1935 que encontré en una librería canadiense en el pueblo costero de Melaque, en México. Todas las secciones citadas en este peculiar libro aparecen como en la publicación de 1935, salvo por el capítulo del árbol arenero de la página 109, la cual escribí yo. Estaba desesperada por encontrar un «extra» para la novela en México, algo de esa época que pudiera ayudar a mi privilegiada pero poco culta narradora de quince años a entender el entorno y los paisajes en los que se encontró atrapada de pronto, y gracias a una afortunada casualidad y al intrépido Cecile Matschat, lo encontré. O, más bien, me encontró.

En la página 151, el personaje de Konrad presenta un informe de sueños basado en un mural que el artista alemán Max Ernst creó en la casa del poeta francés Paul Éluard en 1920, el cual toma su título de uno de los poemas de Éluard, «At the first clear word». «La primera juventud se ha cerrado» es la traducción aproximada de un verso en francés de este curioso poema que tanto inspiró a Ernst: *la première jeunesse close*.

En la página 159 se recuerda al personaje llamado «papá» citando, o más bien, citando mal, a su poeta favorito, William Blake. La cita correcta es del poema de Blake de 1803, «El viajero mental»:

que lo clava tendido en una roca
y en copas de oro recoge sus lamentos.

Peggy Guggenheim ha tenido, y quizá incluso disfrutado, una reputación complicada en los muchos textos sobre su vida, incluyendo su propia autobiografía, que ella misma revisó y reeditó varias veces. Independientemente de si el haber financiado aquel éxodo respondió a sus propios intereses o no, Peggy merece respeto por haber ayudado a muchos artistas e intelectuales a huir de Europa antes de la Segunda Guerra Mundial. De hecho, Peggy llevó a la mayoría a Nueva York, donde disfrutaron de su apoyo financiero y de su amistad. En este libro, ella lleva a los artistas a un centro turístico en la selva del occidente de México.

El nombre de *Costalegre* se explica solo y es el nombre real de la costa del Pacífico que recorre el estado mexicano de Jalisco. El centro turístico al que llegan los artistas está basado en un lugar de nombre Costa Careyes, que aún existe. Es un sitio extraño e inspirador al que no es fácil llegar, tanto por razones geográficas como financieras, y siempre estaré agradecida con Daniele Ruais por abrirle las puertas de su casa a mi familia para que yo pudiera escribir este libro.

Igualmente, Jimmy Giebeler me mostró un lado de Careyes que no conocía y me animó, quizá sin saber siquiera que lo estaba haciendo, a que mis personajes fueran artistas. Félix Martínez, Eddy Martínez, Jomy Rosa, Alison Patricelli, Luis y Marcy Mejía me dieron la confianza y la fuerza para terminar este proyecto al distraerme con deportes, además de Hilda Rueda, quien siempre tomó con buen ánimo todos mis intentos por aprender español.

Mi amada hija, con su nobleza y su buen humor, me inspira diariamente a no fallar en esto de la maternidad y, Diego, no podría haberme metido en este libro tan profundamente como era necesario de no haber tenido tu apoyo, tus habilidades cazadoras de tejón y tu amor.

Debo agradecerle a Rebecca Gradinger, cuya cabeza estaba llena de signos de interrogación de apertura cuando le compartí por primera vez este proyecto. Dijiste que me seguirías y lo hiciste, y no todos los agentes harían algo así; por eso eres una amiga tan querida.

Masie Cochran, supe que había encontrado a la editora de mi corazón cuando me dijiste que tenías muchas preguntas, pero no querías respuestas para ninguna. En verdad soy una escritora privilegiada por ir en el viaje que es este libro contigo.

También de Tin House: Anne Horowitz y Allison Dubinsky, gracias por su tiempo, paciencia y destreza cuando yo defendía la sintaxis de Lara. A las magas: Nanci, Molly, Sabrina y Yashwina; a la incansable Diane; a Toni, Elizabeth, Alana y Morgan: gracias por creer en este libro. Y gracias a Miranda Sofroniou por la portada perfecta.

De Fletcher & Co.: Veronica, eres una hierba calmante para mi alma neurótica. Melissa, gracias en tantos idiomas. Mi queridísima Sophie Troff, *merci*.

Dasha, una verdadera artista y la traductora de mi imaginación: tu talento es tan infinito como tu generosidad.

Pegeen, tu historia no se ha contado lo suficiente. Espero que me perdones por intentarlo.